腹《はら》を空《す》かせた勇者ども

金原ひとみ

THE HUNGRY BRAVE

KANEHARA HITOMI

河出書房新社

腹を空かせた勇者ども

もくじ

腹を空かせた勇者ども

ボールが床に叩きつけられる音が響く体育館の中で、私たちは必死にボールを追いかける。二コートに分かれて3オン3の練習を始めて二十分が経つ。コートランニング、ストレッチ、ダッシュ、3メン、5メンの練習を経《へ》ている私はもうずっと前から汗だくで、走る速度が落ちているのが自分でも分かった。「森山《もりやま》はスタミナが足りない」という瀬野コーチのぼやきが頭に蘇《よみがえ》る。

心肺機能が弱いというコーチの指摘を受け、部活のない日はHIIT《ヒット》トレーニングメニューをこなすようになった。屋外であれば二十秒ダッシュと十秒休憩を繰り返すだけ、室内なら腕立てとジャンプを組み合わせたバーピージャンプ十回に十秒休憩を繰り返すだけのそのメニューを説明すると、ママは悲しそうな顔をして「軍隊みたい」と呟《つぶや》いた。文系のママは私に文化系の部活に入って欲しかったようで、演劇部とか文芸部は知識も教養も身につくし、ESSに入れば英語も伸びる、コンピューター部に入れば社会に出た後も役立つ技術を身につけられるはず、チームプレイの経験を積みたいなら吹奏楽もいいんじゃない？　と片っ端から文化部を勧めた。結局文化部は一つも見学すらせずバスケ部に入った私に、彼女はさぞがっかりしたに違いない。

「えーいいじゃん。うちなんか文芸部入ろうかなって言ったらママ文芸部なんて根暗しかいないわよって嫌な顔したよ」

読書好きのセイラはそう言っていた。世の中にはいろんなママがいて、どれが最高ってことはないと分かってるけど、十歳くらいの頃にママと自分が人としてものすごく「違う」ことに気づいてから、どんなに彼女に優しくされ抱きしめられ褒《ほ》められても、どことなく私とママとの間には越えられない壁があるような気がしてきた。

ヨリヨリと一緒にクラスに戻ると、私たちはだらだらと支度をして学校を出た。あー腹減ったー。それな。見て見て……タラーン。え、コアラのマーチ持ってんのヨリヨリ？まじ神。ちな私inゼリー持ってる。何だよレナレナも神じゃん。食おーぜ。二人でコアラのマーチに次々手を伸ばし、コロナもどこ吹く風でinゼリーを回し飲みして食料は一瞬で尽きた。でも全然お腹に溜まらない。買い食いダメ校則まじキチクじゃね？　キチクキチクー。私ら人生で一番エネルギー要る時期なのに。人生で一番とかレナレナ達観しすぎ。こないだお母さんが言ってたんだ、あなたはあと八十年くらい生きるけど、背が伸びる時期はあと二年くらいで終わっちゃうんだよって、だから食べたい時に食べたいものを食べたいだけ食べなさいって、てかもうあと二年も伸び続ける気しないけど。

「てかでもさ」

「んー？」

「私ら食べたい時に食べたいもの食べたいだけ食べてたら、一日中食い続けることにならない？」

ヨリヨリの言葉に「それな」と声を上げる。成長期が遅かった私は、中学に入るとほぼ同時に自分でも引くくらい食欲が爆発的に増加した。八百ミリリットルのお弁当では足りず、最近はお弁当に加えサンドイッチを二切れ持たせてもらっているけど、サンドイッチは大抵昼休みまで持たず授業中か休み時間に胃袋に消えてしまう。本当にそれは、「食べる」よりも「消える」に近い現象だ。

ヨリヨリと一緒に電車に乗り込むと、私たちはイヤホンを片耳ずつ嵌《は》めSpotifyでラブドリの曲を流す。二人でスマホに集中しながら、面白いインスタやTikTokの投稿があると見せ合ってケタケタ笑う。いつもこんな感じ。部活のあるなしで同じ方向のミナミとセイラが加わったり加わらなかったり、ヨリヨリも補習でいたりいなかったり、でも大抵誰かと喋《しゃべ》り散らしながら帰る。

「ラブドリまじ神。ライブ行きたいなー」

ラブドリは私が小六の頃からハマっている歌い手で、中学に入ってすぐあちこちでラブドリ知ってる？　と聞いて回って同級に三人の同志を見つけ、さらに布教を続けた結果ヨリヨリとモモがハマった。ヨリヨリの言葉は頭の中で、布教おつかれ、という自分への労《ねぎら》いの言葉に変換される。

「ね。二人でライブ行けたらいいな。来年は開催されるかなー」

今年の夏に決まっていたラブドリの武道館ライブは無観客配信ライブになり、お年玉を使って入会したファンクラブ限定の先行に応募して当選して嬉しすぎて泣いていた私の涙は悲しみの涙へと変わった。ラブドリのライブに行けるなら何でもする期末テスト前一ヶ月スマホ禁止で勉強漬けでもいい塾通いだって辞さないと宣言していたけど、六月の段階でライブの払い戻しが決まってしまったため今年の期末は散々な結果で補習が二科目あった。もちろん全部コロナのせいにするわけじゃないけど、三月から一ヶ月休校、の後二ヶ月ほとんど形だけのリモート授業と生徒任せの課題だけだったせいで学力が下がったのは明らかだし、学校が再開したとほぼ同時に有観客ライブ中止が決定したせいで、モチベーションが大幅にダウンしたのも事実だ。

「そういやうちのお母さん、この間バンドのライブに行ってたよ」

一週間前、ママがボディバッグを肩からかけて出かけようとしていたから、え、なに？ライブ？　と聞くとママは「うん！　八ヶ月ぶり！」と満面の笑みで答えた。知らないバンドだったけど羨《うらや》ましくて仕方なくて、いいなあラブドリも早く有観客ライブやらないかなあ、とぼやきながらママを見送った。

「え、もう普通にやってるの？」

「マスクと消毒、検温有りでフロアの立ち位置に印がついてて、一定間隔空けてキャパ半分くらいに減らしてたって」

「キャパ半分でどれくらい？」

「二百人とか言ってたかな」

「じゃあ通常は四百ってことか。武道館とは比べものにならないね」

「武道館チケ代倍でいいからキャパ半分でやってくれないかなー」

「チケ代倍って、一万超えじゃん！　レナレナ金銭感覚狂ってるくない？」

「うちのお母さん、ライブとか映画とかには無制限でお金出してくれるから」

「いーなー。この間の新作グッズも買ってもらってたよね？」

「この間はパーカー一枚買ってもらっただけだよ。他は自腹！」

「あのパーカーチケ代より高かったじゃん！　いいよなー、私んとこのママなんてまじおばさんだし音楽とかはあ？　って感じだしケチだし勉強勉強！　だよ」

声を上げて笑いながら、そんな風に親のことを小馬鹿にできるヨリヨリが少し羨ましい。私はママやパパに何か注意されて苛立っても、黙り込むことでしか怒りを表明できない。どんなに自分が正しいと思っていても、ママが「あなたの主張がいかに稚拙《ちせつ》であるか」を雄弁に語って、私の間違いを指摘し始めて二分も経つと私は「完全に自分が間違っている」気がしてしまう。ママに諭されている時、手編みのマフラーのイメージが浮かぶ。ぴょんと飛び出た一本の毛糸を彼女にするすると引っ張られて、どんどん形がなくなっていくマフラーだ。カシミアとかだったらヤギに戻ってしまいそうなくらい、彼女は私の主張を無効化してしまう。稚拙でいいじゃん！　私はまだ子供！　楽しいが全て！　最終的にはそういうちゃぶ台をひっくり返すような言葉しか浮かばなくなって、そんなことを言っても無駄だから黙り込む。

ヨリヨリと手を振って別れると、私は別の電車に乗り換え一駅で降り、駅を出るとまずコンビニに立ち寄る。買い食い禁止のため学校の近くではお店に入れないけど、ここまでくればマイルール的には校則は無効。空腹が半端ないからいつも立ち寄って何か一つ買って食べながら帰る。

「おかえりー」

イーイーが私を見つけて小さく手を振った。コンビニ中をうろうろして、ツナコーンパン？　アイス、はさすがに寒いか、おにぎり、いや唐揚げ？　じゃがりこ説もあるな、と迷いに迷った挙句何も手に取らず、レジ前に行くと「ピザまん一つください」と頼んだ。はいはい、とイーイーは消毒液を手にスプレーして塗り込んでからピザまんをガラスケースから取り出す。慣れた手つきで紙に包んだピザまんを「熱いよ！」と手渡され、湯気にビビって紙の端っこを持つ。

「パスモでお願いしまーす」

はいはい、とイーイーはＩＣリーダーを起動させる。

「レナレナ、今日やる？　これ」

言いながらイーイーはクワを振り下ろす仕草をする。

「やるやる！　何時から？」

「七時上がりでご飯のあとだから、八時かな!」

「えーおそーい。私九時にスマホ使えなくなっちゃうのに」

「一時間遊べるでしょ」

「一時間だけかー」

「レナレナ中学生。まだ背が伸びてるよ。十時に寝ないとね」

世の大人たちは、みーんな揃《そろ》いも揃って「背が伸びてる」ことをとてつもなく重要視する。「背が伸びてる」から、食べろ、飲め、寝ろ、運動しろ、モンスター飲むな、タバコとかお酒なんてあり得ない! だ。モンスターもタバコもお酒も別に欲してないけど、皆どれだけ背高くなりたかったんだ? って思う。

「はーい。じゃあ後でね」

イーイーは「バーイ」とにっこり笑って手を振った。一年くらい前、対象商品を買うとラブドリのクリアファイルがもらえるキャンペーンを知った私は、駅から一番近いこのコンビニにやって来てレジ前にクリアファイルを発見、テンション爆上がりで「対象商品て何ですか?」と勢いよく聞いた店員がイーイーだった。イーイーは他の店員に聞いたり店長に聞いてくるねとバックヤードに消えたりして、最終的にはスマホで検索して対象商品を調べ出してくれた。

「栄養ドリンクね。二本買うと一枚クリアファイルがもらえるって。それ、そこの棚にある、ウルトラリポっていうの。ウルトラリポの四つが対象だけど、その赤いシールのが一番安いからオススメだよ。黄色とか白は高いから、赤がいいよ」

赤を二本と、大好きなゲザンくんのクリアファイルをレジに持っていくと、イーイーは「よかったねー」とイタズラっぽく微笑み、「私もラブドリ大好き」とレジに身を乗り出して言った。

「ほんとに？　誰推し？」

「ヨスガくん」

「私ヨスガくんも大好き！」

「ヨスガくんの声最高だよね！」

「あの、クリアファイルって結構もうなくなってる感じ？」

「多分まだそんなに出てないよ。私がお昼に来てからあなたが初めてだよ」

「ほんとに？　もう一種類のゲザンくんのクリアファイルも欲しいから、ママがチャージしてくれたら明日も買いにこようと思って。明日残ってるかな」

「じゃあゲザンくんの別バージョン一つ隠しといてあげるよ。明日も私いるから」

「いいの？　すごい！　ありがとうチョウさん！」

名札を確認してそう言うと、「イーイーって呼んで」と彼女は言った。「イーイー？　じゃあ私はレナレナって呼んで」私の言葉に、レナレナまた明日ねとイーイーは微笑んで手を振った。次の日、イーイーは本当にレジの中のケースにゲザンくんのクリアファイルを隠しておいてくれて、赤のウルトラリポを二本レジに持っていくと「はい」と渡してくれた。それから学校帰りにちょいちょい肉まんとか唐揚げとかメロンパンとかを買いに寄るたび仲良くなっていって、ある日小学校の頃の友達らと近くの公園で遊んでいた帰りに、これから留学生仲間とレイドバトルをしに行くと言うイーイーに遭遇し、「私ともフレンドになってよ。フレンド作るミッションずっとクリアできないの」とフレンド登録をしてもらったついでにＬＩＮＥも交換した。それ以来、イーイーとは何かと連絡を取って、たまにレイドバトルに誘い合って行ったり、イーイーに勧められた、クワで延々村と農園を拡張していく『ゲリラファーム』というゲームをオンラインで一緒にやったりしている。勧められた時は何この地味なゲーム、と思ったけど、実際にやってみると陣取りゲーム的な要素もあって、時にはゲリラを仕掛けたり仕掛けられたり、農作物を売ってコインを貯めると農耕のための機械を導入できたりもする、なかなか奥の深いゲームだった。日本語バージョンがないから、英語の勉強になるかなと思って始めただけだったのに、今は人材育成や土地の開拓に明け暮れる日々だ。

ただいまーと言いながらリビングに入ると、ママがご飯を作っていた。この時間にご飯を作っているということは、彼女はこれから家を出ていくということだ。ママは出かける日、明日のお弁当と夕飯を同時進行で作り、お弁当を冷蔵庫に入れ、ご飯を食卓に並べると風のように出ていく。

「今日出るの？」

「うん。今日会食。終わったら食器下げといてね」

　ママは週に二、三回夜出かける。週に二回は彼氏の家に泊まって、翌日そのまま会社に行き夕方帰ってくる。それ以外は友達か、今日みたいに仕事の会食だ。それでもなんだかんだで毎日夕飯とお弁当を作っているのはすごいことだ。実際、ママが彼氏と旅行に行き、何日かパパのお弁当を持たされた時は最悪だった。おかずは二種類、冷凍唐揚げと卵焼きにしようとしたのであろうボソボソのスクランブルエッグ、ご飯の量が異様に多くて野菜要素は皆無。野菜が一ミリも入ってなかったと言うと、だって玲奈《れいな》野菜嫌いでしょ、とパパが言うから、野菜食べなかったのは小さい頃だけだよ、と反論した。いつもは成長期なんだからと言われるとまたそれかとうんざりするけど、その時ばかりは私成長期なんですけど、と思った。

　じゃあ行ってきますというママを見送り、一人でご飯を食べ終え食器を片付けている頃にパパが帰ってきた。ユリは？　出かけた？　と聞くパパにうんと頷《うなず》くと、パパはそっかと言いながらご飯をよそい、味噌汁を温め直し始めた。テレビでYouTubeのラブドリの曲を流しながら、遊園地に行く日程について話し合っている学校の友達のグループと、来週日曜池袋で遊ばない？　と行く人を募る地元の友達のグループと、明日の放課後自習するー？　と明日の予定を確認するヨリヨリとセイラと三人のグループを行ったり来たりしながら、「なんかお母さんがお父さんとFaceTimeで喧嘩《けんか》してる」と悲しげなメッセージを個チャで入れてきたミナミに何かあったの？　と送る。

遊園地の日程が全然まとまらなくて、結局ＬＩＮＥスケジュールの投票で決めようということになって誰がスケジュール作る？　私が作る！　あ、ごめん私もうスクリーンタイムで見れなくなるー、じゃあ私が！　私やるよ！　え、どっちがやる？　とごちゃごちゃしているグループと、池袋行くなら「不屈リッキャーズ」見に行かない？　というランの提案に「行きたい行きたい」「えー俺リッキャーズ好きじゃない。。」「てか私映画のお金ないかもー」と賛否両論巻き起こるグループの間を行き来していると、「わかんない。私ずっと部屋にいるから」とまたテンションの低いメッセージが入った。

「そっか、親が喧嘩してる時は嵐が過ぎ去るのを待つしかないよね」

実感を込めてそう言う。ママが不倫を始めた頃、ママとパパは毎日喧嘩をしていた。離婚、信頼、家庭、子供、浮気、毎夜毎夜受験勉強をしている私の耳にはそんな言葉が聞こえてきて、朝起きるとテーブルの上にたくさんのお酒の空き缶や空き瓶が残されていた。パパが担当していたゴミ捨てや洗い物が放置されていたため家中がどこかゴミ臭く、ママが担当していた買い物や料理がずさんになり、大概冷蔵庫は空っぽ、おかずが一品とかデリバリーという日がどっと増えた。でも私の知らないところで彼らは協定でも結んだのか、不意に平和が戻ってきた。大人、そして恋愛っていうのは不思議なものだ。離婚するのかなと思ってた時は不安で泣いたこともあったけど、公然とママの不倫が継続する内、何となく離婚はないような気がするし、したとしても自分は大丈夫なような気になっていた。

「日本にこなければ良かった」

長押しで既読をつけずに読んだミナミからのLINEに、何と返すべきか悩む。ミナミが転入してきたのは七月、期末テストがもうすぐという頃だった。帰国子女編入試験を年に数回設けているうちの学校には、しょっちゅう帰国子女たちがパラパラと入ってくる。英語以外にも四つの言語の特別授業があるし、英語圏からの帰国子女と英語入試で入った生徒向けにインテンシブクラスもある。かくいう私も、ママが帰国子女、ママのお姉さんがそのままアメリカに残って永住権をとり向こうで結婚子育てをしていて、夏になると学校を休ませられ一人で二ヶ月もアメリカに送り込まれ、さらに向こうではいとこたちと共にサマーキャンプに放り込まれていたため英語が得意になり、英語入試で今の中学に入った。風通しがいい学校だし、クラスメイトも部活の先輩後輩も皆大好きだけど、たまに英語で悪口や陰口を言って笑い合うような子たちがいて萎える。英語ができない子たちは何も気づかなくていいなとも思うけど、人の悪意が分からないのもそれはそれで嫌だなとも思う。この複雑な感情を、私は中学に入って初めて知った。

「私はミナミが日本に来てくれて、ミナミに会えて良かったよ。無理して話さなくてもいいけど、私で良ければ何でも話聞くからね」

ミナミが転入してきた時、北NYから来たと知った私は、伯母の家も北NYにあって私もよく遊びに行ってたんだと話しかけすぐに仲良くなった。初日にはヨリヨリとセイラと学校中を案内して回って、日本語が苦手なミナミのために自習時間は何人かで国語を教えてあげることもあるし、メイコが帰国子女入試で中一の頃漢字に苦労したと話していたことを思い出して効果的な漢字の記憶法を一緒に聞きに行ったり、普通に何か力になれることがあればしてきた。それでも、コロナのせいで唐突に生活を一変せざるを得なくなり、お父さんや友達らと慌ただしく別れ、あるいは別れすらちゃんと言えなかったのかもしれないミナミの苦しみは、私には想像できない。

「ありがとね。玲奈だけが頼りだよ。でももう無理かもしれない」

カレンダーアプリと見比べながらＬＩＮＥスケジュールの入力をしていると、ミナミからそんなメッセージが入った。

「明日インテンシブの後ちょっと話す？　大会前だから部活サボれなくてあんまり時間ないかもだけど。それかミナミも部活あるなら時間合わせて一緒に帰る？」

そう送ると、遊園地のためのＬＩＮＥスケジュールを入力した。地元の友達たちのグループではもう映画には行かないという結論が出ていて、のんびりゲーセンとかカラオケで遊ぼうというノリになっていた。カラオケ密じゃね？　というミクの言葉に皆が「超密www」「クラスター案件ww」「マスクして歌う？」「てか昼飯食うなら俺たちどうせ回し食べすんじゃん」「ま、この中の誰かからうつっても俺は文句言いませーん」「私もー。まー罹《かか》る時は罹る！」と答えている。私も「よな！」と返すけど、りゅうくんはたしかおじいちゃんおばあちゃんと一緒に暮らしてるはずだけど、大丈夫なんだろうかと心の奥底で思う。私はしょっちゅう会っていた母方の祖父母に、もう半年以上会っていないのを思い出す。

祖父母といる時、何だか私はパパとママといる時とか、友達といる時とはちょっと違う自分になる。甘えられるというか、小さな子供でいられるような感じだ。多分それはママとパパが私に求めているものと、おじいちゃんおばあちゃんが私に求めているものが全然違うからなんだろう。なんてったって、祖父母にとって私は特別なのだ。伯母たちは二年に一度しか帰国しないから、私は気軽に会える唯一の孫なのだ。それなのに私が聞き分けのいい大人しい子だったら張り合いがないのだろう。彼らは「ねえねえポッキー買いにコンビニ行こうよ！」と夜ご飯の後に言ったり、仕事に行くおじいちゃんにお土産なにがいいと聞かれ、「映えるイチゴタルト！」と言ったり、深夜の一時に「眠れないからここでおじいちゃんのｉＰａｄ見ててもいい？」と仕事をするおじいちゃんの隣でｉＰａｄを見たりすればするほど喜ぶのだ。ちょっと子供扱いが過ぎるなと思うし、友達と遊んでる方が楽しいのになとも思わなくはないけど、私にとって祖父母はたまのご褒美のような存在で、会えば会ったで幸せ色々買ってもらえるし何でも食べたいものを食べさせてくれる夢のような時間。私にとっても日常じゃなくて、特別なのだ。

コロナ禍でも、日常は普通に続いた。休校になっても部活ができなくても祖父母に会えなくても、日常はなくならなかった。体育祭がなくなって文化祭が小指の爪くらいに縮小され、課外活動がなくなっても、日常だけは続いた。それは誕生日に喩えるなら、プレゼントのない誕生日、ケーキのない誕生日だ。いや、ケーキはあったけど、出されたのはイチゴも生クリームもないただのスポンジだった、みたいな感じだ。イベントがない、祖父母に会えない、わがままを言えない、ただただ延々続いていく学校と部活と家の繰り返しの中で、先生とコーチと親に管理される。私はこの半年以上の間祖父母に会わないことで、祖父母といる時の自分を失ったことが、それなりにこたえていることをここ最近特に痛感していた。あーおじいちゃんおばあちゃんと一緒にいる時の私になりたいなあ、っていう奇妙な希望を持ってる自分が少し悲しい。

ミナミからの返信が途切れたことを少し心配していたけれど、「Let's farm!」というチャットが入って、私は慌ててテレビを消すとBluetoothイヤホンを耳に嵌めながら自室に入った。「もしもしイーイー？　おつかれー！」「ただいまー。今日は谷の方を開拓しようか」「えー、ミッション重視でレベル上げない？　私早くレベル20に達して海辺開拓して漁に出たいんだよ」「あー前のとき言ってたね。じゃあそうしよう」ベッドにねそべったまま、ちょうどいいレベルのミッションを次々クリアしていって、私はようやくレベル18になる。

「ねえイーイーってさ、コロナのことで帰国しようとか思わなかった？」

「まあ、最初は中国の方がずっと大変だったからね。日本で増え始めた頃、お母さんが不安だったら帰っておいでって言った。でも留学のお金出してもらったのに途中で帰るの嫌だし、私最初ね、笑っちゃやだめだよ？」

「笑わないよ」

「日本に来たばかりの頃、ホームシックになってずっと泣いてたんだよ。日本人は冷たい、目を合わさない、自分が消えたみたいって思った。最初はずっと帰りたかった。でも頑張って良かった。初めてできた日本人の友達が申し込み手伝ってくれて、ラブドリのライブに行けた。今はたくさん友達がいる。大学の友達、友達の友達も、コンビニの仲間も大好き。店長の大川さんはちょっと嫌いだけどね。でもみんな大好き。レナレナにも会えた。だからね、まだ帰りたくない。コロナでちょっと大変になったし、大学も通えなくなったりしたけど、私たちはまだ諦められないよ」

「イーイーは偉いなあ」

「レナレナも偉いよ」

「え、どんなところが？」

「買い食いして、いっぱいご飯食べてる！」

なにそれ。と大きな声で言うと、イーイーはケラケラ笑った。本当は買い食いしちゃいけないんだよね、と前に話した時、買い食いってなに？　と聞かれたから教えてあげたのだ。そんな中学生しか使わないようなマイナーな言葉まで覚えて、まったくイーイーは偉い。

ホームルームぎりぎりの時間にやって来たミナミの顔色が悪くて心配してたけど、休み時間もお昼の時間にもミナミは教室からいなくなっていたから、話す機会がなかった。インテンシブクラスに出た後、さっさとクラスに戻ろうとするミナミを追いかけて一緒に行こうよと言うと、ミナミは怯《おび》え切った猫みたいに私に不安げな目を向けた。

「ＬＩＮＥの返信もなかったし、心配してたんだ」

「ごめん」

「ううん全然。ねえねえ、来週英語の小テストじゃん？　ミナミ、部活ない日一緒に勉強しない？　ミナミが一緒なら心強いなって。確かに英語入試ではあったけどさ、何だかんだ、やっぱ帰国の子たちと一緒のクラスって無理あると思うんだよね。思わない？」

渡り廊下の途中でおどけた風に言うと、ミナミは立ち止まって窓に背をもたせるとじっと私を見つめた。

「あのね、誰にも言わないで欲しいんだけど」

「うん？」

「私、学校やめることになるかもしれない」

「え……」

「お父さん、リストラされたって。お母さんこの間バイト始めたけど、とても学費は払えないから」

「帰国するんだよね？　すぐに帰国してこっちで職探しすれば何とかなるんじゃない？」

「お父さん、向こうに住み続けるって」

「どうして？」

「お父さんは日本が嫌いなの。それに現地の会社に雇われてたから、向こうにいれば失業保険が出るんだって。失業保険もらいながら就職活動して、新しい仕事始めて、コロナが終わったら私たちを呼び戻したいって。ほんの少しの間だけだから、公立の学校に戻ってくれないかって。でも私編入まで一ヶ月公立の学校行ったんだけど、そこは学級崩壊してて、全然授業してくれなかったし、もう戻りたくないの。別の公立に変えてもらえないか聞いてみるってお母さん言ってたけど、多分無理なんだよね？　ネットで調べたら難しいって書いてあった」

「何とか、ならないのかな。例えばどっちかのおじいちゃんおばあちゃんに、お父さんが新しい会社に入るまで学費払ってもらうとかは？」

「うちはそのへんが、complicatedなの」

そっか、complicatedか。呟きながら、私はあまりに唐突に突きつけられた友達の苦境に混乱して、学費っていくらくらいなんだろう、ママに頼んだら出してくれないかな、いやそれはさすがにミナミが嫌か、なんかTwitterとかでたまに見る、手術のためのお金を募ったりしているクラウドファンディングとかはどうなんだろう、やっぱり学費のためにってことでは無理だろうか。まあ公立っていう選択肢があるなら公立に行けばいいじゃんって皆思うだろうな。

「学校のことは仕方ないって思うの。でもお母さんとお父さんが喧嘩してるのが耐えられない。多分お父さんには恋人がいる」

「恋人って……恋人？」

「私たちが帰国した後、お父さんが別の女の人といるのを見たって、友達がメールしてきたの。一緒に暮らしてた時から、私も、多分お母さんもおかしいって思ってた。信じられないから、全部がチクチクしてる。家族を信じられないなんて、地獄だよ」

「でも、誤解かもしれないじゃん。それにもしそうだったとしても、何か理由があるのかも」

「もともと、お父さんはそこまでコロナ気にしてなかったのに、心配するお母さんに帰国を勧めてたの、おかしいと思ってた。会社をリストラされたっていうのも嘘かもしれない。ママ離婚すればいいのに！　どうしてあんな人と別れないんだろう」

不信があまりにも飛躍し過ぎている気がしたけど、指摘はできなかった。そして、ミナミも家ではお母さんじゃなくてママって呼んでるんだなと分かって少し嬉しくなった。涙ぐむミナミの手を取ってぎゅっと握る。私にできることがあれば何でもしてあげたいけど、私は無力だった。そして部活の時間が迫っていることが気になっていた。

「ミナミはお父さんと二人でちゃんと話してるの？」

「帰国してすぐの頃は何度か話したけど、最近は話してない」

「一回、ちゃんと話してみたら？　今のミナミの気持ちとか、学校のこととか、ミナミと話せばお父さんもミナミのためにおじいちゃんおばあちゃんとの complicated な関係をどうにかしようって思ってくれるかもしれないし」

「うん。私もお父さんの顔が見たい」

こぼれるようにして出たミナミの正直な気持ちに、胸が苦しくなる。何でか分からないけど、日本で育った子たちは親に対してクサクサしている。ヨリヨリなんてその典型で、うちのお母さんババアオブババア、とか、お父さんの寝起きの臭いまじこの世の終わり、とかいう暴言を息をするように吐くし、お父さんは最近お姉ちゃんが相手してくれないから私に甘え始めたんだよまじ孤独と生きろって感じ、とか、お母さんはお父さんとお姉ちゃんに対する怒りをまとめて潰して団子にして私に「勉強しろ」って言葉にして投げつけてるんだよまあ私そんなん美味しく食っちゃうけどね、とか、辛辣《しんらつ》でありながら面白おかしくディスるから感心してしまう。でもヨリヨリのそういう言葉を聞いてると何となく、テレビに出ているような芸人とかお笑いを思い出す。内輪ウケの話で馬鹿話をして、最後にはみんな笑って終わり。多分あれを面白いと思うのは日本人だけで、内輪の安全な範囲でハメを外して皆で笑ってるようにしか見えなくて、何となく乗り切れないなと思う。だからアメリカに行って、いとこたちや伯父伯母、彼らのご近所さんや向こうで知り合った友達らと話してる時には、その日本のノリから離れられる解放感がある。でもそれと同時に、今のミナミとかいとこたちに感じる、「信用を裏切ることを大罪と信じて疑わない感じ」とか、「家族はこうあるべきというキラキラした理想」みたいなものに触れると「それもなんかちょっとなー」とも思うのだ。日本にもアメリカにも何となーく乗り切れないから、いつかいろんな国に行ってみたいと思う。それでいつか「えこういう感じ良くね？」と思えるところが見つかったら移住したいし、そこで「ガチこんな感じ求めてた」っていう仕事に就いて「これこれ！」みたいな家族を作れたら最高だな。なんてぼんやりとした将来の夢を持っている。そういえば、この間担任の若槻《わかつき》先生に、「森山さんはあれとかそれとかこれとかこうとか、こそあどが多過ぎます」と注意されたけど、これとかあれとかこうとかそうとかそういうのが言葉にできないからこそあどを使っているのに、彼女にはその言葉にできない気持ちが分からないんだろうか。ってことの方が疑問だ。でも考えてみれば、パパとかママも、この世に言葉にできないものなどなに一つないと言わんばかりの我が物顔でつらつらと言葉を口にして、私の浅はかな主張を破壊していく。大人には、表現できない気持ちなんてないんだろうか。

ミナミがようやく笑顔を見せると、私は慌ててクラスに戻って秒で着替えて体育館に走ったけど中井先生に走るなと怒られたし、皆がストレッチをしているところに合流すると、「大会前だぞ！　気抜けてるんじゃないのか？」と怒られた。いや、何もないのに遅れるわけないじゃん。のっぴきならない事情があったから遅れてるんじゃん。そんなことも分からないのかこの脳筋野郎。頭の中で罵倒しながら「さーせんした」と呟いて不貞腐《ふてくさ》れていると、私の斜め前にいるヨリヨリが振り返って口をへの字にしてとぼけた顔をしてみせた。クスクスと笑いながら、私はストレッチを続ける。誰かに何かを話したかったけど、誰に何を話したいのかよく分からなかった。

私は何とか友達が学校に残れるようにしてあげたいし、親とか周りの大人もそれを助けるべきだと思う。友達は帰国したばっかりでまだ日本語もちょっと弱いからフォローが必要だと思うし、今の学校には帰国生向けの補習もあるし、馴染んで皆と仲良くやってるのにまた転校なんて、絶対に心に良くない。学級崩壊してるところに戻るなんて、しかも一回出て行った後に戻ったら色々いじられたりしつこく理由を聞かれるかもしれない。コンビニの隣にある神社の階段に座り込んだ私は、透明なプラスチックカップの中に詰め込まれた唐揚げを爪楊枝に刺してもぐもぐしながら言う。今から三十分休憩だからちょっと話す？　とコンビニを見て回る間憂鬱《ゆううつ》そうな顔をしていた私を誘ってくれたイーイーは「うーん」と唸《うな》った。

「確かにその子にとっては大変な時だね。バッドタイミングだよ。でも誰でも良い時があれば悪い時がある。それは当たり前のこと」

「そうかもしれないけど、自分とか周りの人の努力で、いい時は増やせるかもしれないじゃん。悪い時にはやられっぱなし、ただ耐えるだけなんて嫌じゃん。やっぱりみんな幸せが一番じゃん」

「もちろんそうだよ。でもどうにかならない時もあるよ」

「どうにかならないを、どうにかしたいんだよ」

ふーむ、と声優みたいな可愛い声を出してイーイーは少し考え込むような素ぶりを見せた。

「私の友達、シーハンていう子がいてね、その子コロナでお父さんが死んじゃったんだよ。

泣いてたけど、お父さんからきょうだいたちにもコロナがうつってたみたいで、今は帰ってくるなって言われて、シーハンはお葬式に出られなかった。それに、コロナ患者だからお葬式も普通にできなかったって。私は一緒にいられるだけ一緒にいてあげた。それでお父さんが死んじゃって二週間経った時にね、そろそろちょっと気分転換に外に出ようよって、友達が教えてくれた、本場の中華食べれるお店、新宿三丁目にあってね、美味しいもの食べて元気出そうって予約してね、二人で電車に乗って、今日は目一杯食べようって話してる時にね、目の前に立ってた男の人が『日本来んなよ』って小さな声で言ったの。小さな声だったけど私たちには聞こえた。その時、体が凍った。楽しく話してたのがストップ。そしたらその人、私たちが日本語分かるって分かったみたいで、どっか行っちゃった。泣きっ面に、蜂？　死ぬほど悲しいことの後に、死ぬほど嫌なことが起こった。私たちはそれでも美味しいご飯を食べたけどね」

「どうして話してくれなかったの？　そんなの、全然知らなかった。全然知らなくて、私たち若いしコロナなんて大丈夫でしょーとかイーイーに言っちゃってた気がする。どうして言ってくれなかったの？」

「私は心が泣いてても顔で笑う。そうしないと耐えられないんだよ。それに差別されてるって、レナレナに知られたくない。恥ずかしいし、悔しい。それに差別なんてしないレナレナに、差別の話なんてしたくない。本当は世界中の人が差別のことを知るべきかもしれない。でもね、差別された人がそれを話せるようになるまでは時間がかかる」

「ごめん。そうだよね。ごめん、私もなんて言っていいのか分からない」

「アメリカとかヨーロッパでは、アジア系が殴られたりしてた。日本人は陰湿だから言葉とか、視線で意地悪する。暴力振るわれてたら帰ってたかもしれないけど、小さな声だったから、耐えられた。落ちたけど、泣かなかった」

イーイーの話を聞いている内に、何だかミナミの話が霞《かす》んできた。みんな、私が思っているよりもずっとハードモードな日常を送っている。私はぬくぬくと生きてきたんだと実感する。家族がコロナで死ぬって、日本でも起こってることだって分かってはいても、ちょっと私にはよく分からない。でもそれはイーイーの友達の人生で本当に起こった出来事だ。世界がぐちゃぐちゃに乱れている気がした。コロナが始まった頃から少しずつ崩れてきていたものが、ここまで長引きに長引いて、ぐちゃぐちゃになっているのかもしれない。私はふと、おじいちゃんおばあちゃんに甘えていた自分のことを思い出す。今は死んでるとまでは言わなくても、仮死状態になってしまった特別な私、イチゴがたっぷり載ったキラキラショートケーキの私だ。いつまでもデコレーションされないパサパサのスポンジの中で気がつかない内に、私も少しずつ内側がぐちゃぐちゃになってきてるのかもしれない。

「大変な時はみんなあるよ。そういう時、周りの人が支えるのも大事。でも最後は自分の心が戦わないと。勝たなくても、戦う、だよ。あ、ヤバい。もう行かないと」

イーイーはそう言って立ち上がる。じゃあねと呟くと、頑張れと弾むように言ってイーイーはコンビニのバックヤードに戻って行った。

家に帰るとスポーツバッグとリュックをどさりと下ろす。ママはまだ帰っていなかった。ママがいないのを見て、私はママにさっきのイーイーの話をしたかったのだと気づく。でも、絶対にSNSで知らない人とやり取りしないように、と日常的に口を酸っぱくして注意して、友達と遊ぶ時に会ったことのない友達の友達も来ると言うだけでどんな人かと心配するママには、イーイーのことは話していなかった。お母さん的には当然なのかもしれないけど、青春時代にSNSがなかった世代の心配は、お門違いでちょっと重い。

リビングで制服を脱いでキャミソールとパンツ姿になると、下だけジャージを穿く。さっき食べた唐揚げはもう消えたように空腹感があって、冷蔵庫を開けて物色するとアロエヨーグルトを食べた。週末の大会に向けてHIIT《ヒット》トレーニングでもしようかなと、部屋に入るとぐちゃぐちゃに服や漫画が散らばっている床に腕を這わせてわさっと物を一か所にまとめスペースを作る。

バーピージャンプ十回と十秒休憩、をスマホのタイマーを使ってこなしていく。久しぶりの大会だし、中学に入って二回目のスタメンだ。休校から始まった新学年で、部活も七月中旬まで始まらず、都大会も中止になって、何となくだらだらとルーチンをこなしているだけで過ぎていった部活だったけど、ジュニアカップの出場が決定してから部員たちの士気が上がっていくのが手に取るように分かった。出場は首都圏のみ、大規模な大会ではないけど、皆の気持ちを一つにしたいとキャプテンの松岡先輩が呼びかけたようで、三年生たちがぴえんキャラに似たフェルトのキモカワマスコットキーホルダーを部員全員分作ってくれて、皆でスポーツバッグにつけている。

人との連帯とか協力とか、仲間とか支え合いみたいな言葉が生理的に受けつけられないママに育てられたせいか、私はナチュラルに「人はみんな一人」的な考え方をしていたけど、小学校高学年で塾の先生や塾生たちと一緒に勉強をして、友達らの受験を応援し、一緒に喜んだり悲しんだりして、中学に入ってからは友達と苦手な教科を教え合ってきたし、何よりバスケで、人と人とが励まし合って鼓舞し合って、成長してこれたのを実感している。一人じゃ絶対にこなせなかった、仲間がいなければできなかったことを、私は部活でたくさん乗り越えてきたし、仲のいい友達じゃなくても、一緒に試合に勝つという目標を持って団結できる人たちがいるということに心強さを感じてきた。

ぜいぜい言いながら五セット目を終えたところで、バイブ音が鳴り響き、私は息切れしたままスマホをタップする。

「なにー？」

「玲奈？　私だけど」

「うん。なに？」

「実は、彼氏がコロナ陽性になって」

「は？」

「彼氏がコロナ陽性。だから私もＰＣＲ受けなきゃいけなくなっちゃって。それで、今日からのことなんだけど……」

「は？」

「だから、私は濃厚接触者だからＰＣＲを受けなきゃいけないの。私がＰＣＲ陽性だったら玲奈も受けなきゃいけない。私は明日ＰＣＲの予約取ったのね。それで、検査結果は三日くらいで出るっていうから、それで陽性だったら玲奈もＰＣＲ」

「え？　私、どうするの？」

「ＰＣＲの結果が出るまで三日かかるから、それまではとりあえず学校休んで……」

「え、私日曜大会なんだけど！」

「学校には連絡しておくから」

「何て言うの？　私の彼氏がコロナ罹ったから娘を休ませますって言うの？」

「いや、私が感染の可能性があるから検査を受けるので、結果が出るまで娘を休ませますって、それだけ。そんな子結構いるでしょ？」

「いないよ！　そんなの聞いたことないよ！　どういうこと？　私大会出れないの？」

言いながら涙声になっていくのが分かった。ここまでやってきたこと、こなしてきたハードなメニュー、久しぶりの大会、それらが頭を過《よぎ》ったのは一瞬で、そんなことよりも！　私は仕方ないけどさ！　もしママが陽性だったらこれまで私と濃厚接触してきた部員たちはどうなるの？　もしママが陽性だったら私の結果が出るのはいつ？　でももし陰性だったとしても数日後に発症する可能性だってなくはないんだよね？　みんなに何て言ったらいいの？　私のママの、仕事とかじゃなくて、不倫で？　みんなが心待ちにしてた大会が台無し？　いやそんなこと言えるわけないけど、それにしたって一応説明しなきゃいけないわけだし、てかママが陽性だった場合私いつまで学校休むの？　二週間？　ていうかもし大会出場停止なんかになったら、ただでさえ心苦しい思いをしながら皆に感染経路不明だとかあるいはママの会社で感染者が出たとか大嘘ついて、これから高校に上がって卒業するまで誰にもその秘密を口外せず守り抜かなきゃいけないの？　卒業式の時、あの時はコロナに翻弄《ほんろう》されたよねーとかほんとレナレナのせいでさー、なんてみんなに冗談半分に茶化されて、自分が固まっている様子が思い浮かぶ。そんなの荷が重すぎるしほぼほぼトラウマ案件じゃない？

「申し訳ないけど、玲奈の大会出場は多分無理だね。検査結果がめちゃくちゃ早く出たら出られるかもしれないけど。顧問の先生何て名前だっけ？　電話するよ」

なにこの人。なんでこんな人の気持ち無視してしれっとしてんの？　そもそも彼氏って、今更だけどその時点から「はあ？」なんですけど。

「あと、検査結果出るまで私自分の部屋で隔離するからね。ご飯とかそういうのはパパと二人で何とかして。一応後で家族が感染した場合のガイドライン送るから。まあどうせ玲奈も奏斗《かなと》も読まないだろうけど」

「パパは？」

「奏斗も今週いっぱい仕事はリモートにするって。私の結果次第で奏斗もＰＣＲだね。で、顧問は？」

「信じられない。大会とか学校とか、パパと私の生活全部めちゃくちゃにしてなんでそんなしれっとしてんの？　私がどれだけこの大会に賭けてたか、仲間たちとどれだけ頑張ってきたか、みんなが久しぶりの大会どれだけ楽しみにしてたか、よその男と遊んで濃厚接触したママのせいで全部ぶち壊されるかもしれないんだよ？　みんながママ一人の恋愛のせいで夢を壊されるかもしれないんだよ？」

「玲奈が陽性だったら大会出場停止になるかもね。そしたら玲奈もできるだけ早く自費で受けられるＰＣＲ受けといた方がいいのかも。言っとくけど、これは私の恋愛のせいじゃない。コロナのせいだよ。コロナは誰もが罹る可能性のあるウイルスで、感染経路不明な人が罹患者の約半数を占めてる。彼氏だってどこからうつったのか分からない。彼氏も私も、仕事とか生活の中でできることはやってた。奏斗なんか電車でもマスクしないし、手洗わないことあるし、玲奈も手洗い忘れてることよくあるでしょ。私たちはスーパーでも電車でも徹底的にマスクして、帰宅したらすぐに手を洗ってた。彼氏はもう何ヶ月も大人数の飲み会は行ってないし、私や奏斗よりも外食の機会が少ない。それでも罹った」

ママと彼氏がスーパーに行ったり、一緒に電車に乗ったりしてる様子が眼に浮かぶようで、何でこの人はこんなにも身勝手なことができるんだろうって今更だけど不思議な気持ちになる。

「でもママがその彼氏と付き合ってなきゃ、私はこんなことにならなかった！」

「それは結果論だよ。私が彼氏と付き合ってなかった場合私は別の経路から感染してた可能性もある。それで玲奈のもっと大切な行事とかイベントが台無しになってたかもしれない。普通に気をつけて生活してても罹るんだから、コロナはここまできたら単に確率の問題」

「彼氏が外食してないとか、大人数の飲み会してないとか、信用できるの？　ていうかママ先週ライブ行ってたじゃん。彼も一緒だったんでしょ？　その時に罹ったんじゃない？　できることはやってた、って何？　結局彼氏と遊び歩いてＰＣＲ受ける羽目になったんじゃん」

「彼氏の居場所はゼンリーで分かるから、嘘をつけばすぐに分かる。それに先週のライブは国のガイドラインに則った形で開催されてた。彼氏の感染者接触確認アプリも反応してない」

一年くらい前にゼンリー入れれば居場所が分かって安心だから、と言われて、居場所筒抜けってちょっと気持ち悪いなと思いながら渋々インストールしたけど、それは彼氏とメンヘラアプリをインストールしたついでだったのかと思いついてもう削除してやると思う。

「何より、お母さん誰からうつったの？　って聞かれたら、私はその度に嘘をつかなきゃいけない。もし大会出場停止になったりしたら、自分たちのチームの目標を奪った原因を、私は一人で抱えていかなきゃいけない。その重さとか苦しみってママに分かる？」

「それは悪いと思ってる。私は別に彼氏が罹ったって言ってもらっても構わないけど、玲奈は嫌なんだよね？」

「死んでも嫌だよ！　それにそんなこと言いふらされたらパパがどんな気持ちになると思うの？　いい加減にしてよどうしてそんなに人の気持ちが分からないの？　どうしてそこまで人の気持ちに鈍感になれるの？」

「私は人の気持ちを鑑みながら、同時に自分の気持ちも両立させていく道を模索し続けてる。その中で、これはアクシデント的に起こった一つの事象でしかない。起こったことにはただ粛々《しゅくしゅく》と対応するしかない。玲奈にも、感情を排除して対応をして欲しい」

「おかしくない？　ママは恋愛感情を優先させて彼氏と付き合ってるんじゃん。どうして私には感情を排除しろって言えるの？　恋愛なら仕方ないって、誰が決めたの？　ママは私がスポーツをやることとか、仲間とか、チームメイトとか、ソウルメイト的なものを馬鹿にしてるけど、それだって大切な感情だよ。結局、ママは自分の嫌いなものを馬鹿みたいって排除して、自分が好きなものを尊重しろって言ってるだけじゃん」

「そんなことないよ。玲奈がバスケ頑張ってるのは心から応援してきたし、大会に出られないのは申し訳ないと思ってるし、私にできることはなんでもしようと思ってるよ。でもできないこともあるよねっていう話だよ」

「私は自分が応援されてるなんて感じたことは一度もない！　バスケの活動にはお金を出してくれてるし、DAZNにも入ってくれたけど、私がチームメイトたちとお揃いでつけてるキーホルダー見て鼻で笑ってたし、この間矢田選手の引退会見の時、ママ何て言ったか覚えてる？　私が感動して泣いてる横で、小学生みたいなスピーチだね、日本のスポーツ選手ってどうして知性がないんだろう、って言ったんだよ？　あの時、永遠にママとは気持ちが通じ合わないって思ったよ。人が感動して泣いてるのに、よくそんな言葉でディスれるよね。ママってそういう意味で完全に共感の力が欠けてる。人を徹底的に傷つける存在だよ。売れない映画の配給してるママがさ、あんなに影響力のある、日本のバスケ界を切り開いてきた選手に何言っちゃってんのって。ママの大切なものを同じように大切だって思ってる人がどれだけいる？　ママが馬鹿にしてるスポーツ選手の方が、ママの会社の公式アカウントよりフォロワー十倍くらい多いよ？　影響力もないのに、人気もないのに、何見下してんのって感じ。そんなオワコンありがたがってる人たちってバカみたい。映画が全然当たらないから恋愛で憂さ晴らししてるだけなんじゃないの？　憂さ晴らしに使った彼氏がコロナ陽性って、ざまあって感じ。でも私に迷惑かけないでよ！　何で私がママの彼氏のコロナで被害受けなきゃいけないの？　最低！　大っ嫌い！」

ママに反論ができたという興奮の後に、結局全てを握り潰すみたいな言葉でめちゃくちゃに締めくくってしまった後悔が押し寄せる。そして罪悪感と自己嫌悪がどっと湧き上がって涙が出て私は惨めな思いに肩を震わせる。

「いかに趣味判断を乗り越えるかというのは、哲学が誕生した時から人類の命題で、簡単に答えが出るものじゃない。だからこそ、趣味判断をしてはならない、と言うことも、趣味判断をするべきだ、と言うことも、浅はかであるという印象しか与えない。いかにして私たちは趣味判断と付き合っていくか、その答えの出ない命題について思考し続けるのが良心的な人類のあり方だよ。あなたには分かり合えない人々、自分の趣味に反する人々に対して、配慮と尊敬の念を持って欲しいと思っているし、私もそうしてきたつもりだけど、確かに努力が足りなかったんだろうね。あなたが尊敬しているものを小馬鹿にしたことは謝る。でも、ああいう反知性主義的な存在が私にとって反吐が出るほど耐え難く、この世界を息苦しいものにしているという事実も、あなたには知っていて欲しい。ちなみに人からどれだけ人気があるかで物事を判断するのは思考停止が過ぎるしお話にならないから、どうしてお話にならないかは自分で考えなさい。最後に、恋愛っていうのはこの世に於《お》いて最も批評が及ばない範疇《はんちゆう》のもの。善し悪しを判断するなんてもってのほか、誰かが誰かの恋愛に感想を漏らすだけで滑稽《こつけい》。それを知っているだけで、きっとあなたの知性は十パーセントくらい向上するだろうね」

「訳わかんない！　何でママっていつもそうやって人をディスるみたいなことばっかり言うの？　高いところから人を嘲笑《あざわら》うみたいなことして楽しい？　あの会見の時みたいに、なんだこのバカ、って見下して笑ってるんでしょ？　私の大会めちゃくちゃにしたくせに！　バカにしないでよ！」

「今タクシーで家に向かってるからあと十五分で帰宅する。奏斗が帰ったら三人でZoomして、私が籠もってる間の生活のことについて話そう。それで、顧問は誰なの？」

「……松永先生」

「分かった。じゃあね」

私の金切り声はママに受け止められることなく、かわされて切られた。五分ほどの通話時間の前と後で、完全に世界が変わってしまった。信じられない。信じられない！　胸の中で怒号が響く。

「信じられない！」

誰かにこのママへの怒りを話したくて話したくて仕方なかったけど、誰にも話せなくて頭が爆発しそうになって、ベッドにうつ伏せになると声を上げて泣いた。


「レナレナ大丈夫ー？」「レナレナがお休みなんてびっくりだよ！　先生はっきり言わなかったけど、家族が感染とか？」「今は誰がコロナになっても仕方ない。みんなレナレナが戻ってくるの待ってるよ！」休み時間になるたび、クラスメイトたちから次々メッセージが届いたけど、私は憮然《ぶぜん》とし続けていた。いつもだったらすぐに返すＬＩＮＥを、全く返す気になれない。私はママの電話を受けてから、ずっとむすっとしている。確実にチームが大会出場できるようにするためにはどうしたらいいかママは顧問の先生に聞いたようで、私は昨日の夜ママが予約を取った病院にパパと一緒に行き、自費でＰＣＲを受けてきた。ママが受ける保健所は三日かかるらしいのに、何故かそこでは翌日には検査結果が分かるということで、これで私が陰性なら、私は無理だけどチームメイトたちの大会出場は問題ないということだった。でも窓口で検査料は二万円になりますと言われているのを見て、ラブドリのライブチケット約三枚分……と震えた。めちゃくちゃ痛いＰＣＲ検査を経て帰宅すると、ママがZoomで私とパパを招集した。

ママはパパと私に自分がトイレやお風呂に入った後は消毒するようにとか、消毒液がどこにあるかとか、明日消毒液とかラテックスの手袋とかが宅配ボックスに届くから持ってきてとか次々指示を出して、最後に「あ、後で部屋の前にアクエリアスのペットボトル置いといてくれる？」と付け加えてパパが分かったと言うと通話を切った。私は憮然としながら、唖然《あぜん》ともしていた。この人この状況について一回でも謝った？　何度かは局所的に謝ったかもしれないけど、根本的なところは謝ってないよね？　こんな状況になって全面的に謝らないってどういうこと？　でもこんな状況になってごめんなさい全て私のせいです！　って頭を下げるような人だったらそもそも公然不倫なんてしないんだろうな。

「そうなんだよーお母さんの知り合いに陽性者が出ちゃって。大会もあるし、めっちゃ練習してたのに」バスケ部のメンバーや友達らにはほとんどそんな感じのメッセージとスタンプで返信した。ヨリヨリだけが「えーお母さんの職場の人？」「何日で結果出るの？」としつこく食い下がってきて、何だか全てが辛くて無視した。

「玲奈のいないクラスは花が枯れたみたい。早く会いたい」

ミナミからのメッセージだけが、異彩を放っていた。例えばミナミや、お母さんの反対を押し切って文芸部に入部したようなセイラがママの娘だったら、彼らは仲良くできるのかもしれないし、お互いにお互いを唯一無二の母娘と思ってお互いを尊重しながら生きていくことができるのかもしれない。私は少しだけミナミに嫉妬《しっと》する。私は、ママと言語を共有していないと感じる。使ってる言葉が違う。特にママが饒舌《じょうぜつ》になる時ほど、私はママの言っていることが分からない。ママが私に伝えたいことがある時ほど、理解できない。同じ日本人なのに、親子なのに、私たちは大切なものが違いすぎる。

「私もミナミに会いたい。お母さんに腹が立って爆発しそう。早く学校に行きたい。バスケもしたい。今、ミナミの気持ちがちゃんと分かった気がする。いろんなものから切り離されて、一人きりって気がする」

そう返信すると、私はスマホを放ってまた枕に顔を埋める。昨日からずっとこうだ。スマホを見て、突っ伏して泣く。それぱっかり。「今から保健所に行ってきます」ママからパパと私で作っている三人のLINEグループにメッセージが入って、すぐにパパが「了解」と返信した。私は既読スルー。しばらくすると、玄関の方で物音がして、ドアが閉まる音がした。何だかまたイライラが湧き上がってきて、私は戦いに挑むようにドアを開けてリビングに出ると冷蔵庫を開ける。昨日パパと一緒に買い込んできたすぐに食べれるものをあれこれ物色する。パパとのスーパーの買い物は多分二年ぶりくらいで、実はちょっと楽しかった。ママがスーパーで買うような野菜とか肉とか豆腐とか調味料とかじゃなくて、チョコにおかきにポテトチップにグミ、菓子パン惣菜パン、焼き鳥とんかつコロッケ、冷凍唐揚げ冷凍焼きおにぎりアイス、甘いシリアルハムソーセージゼリーカマンベールチーズカルピスコーラファンタ！　って感じだ。PayPay にいっぱい入金されてたから、私もパパも好きなものを好きなだけカゴに入れた。コーラと牛タン薫製《くんせい》、メロンパン、チーズを取り出すと部屋に戻ってむしゃむしゃ食べながらYouTubeを見る。「けっ」て感じだ。ベタベタした手は舐めてジャージで拭いた。めちゃくちゃ悪いことをしたかった。でも私のする悪いことは油でベタついた手をジャージで拭くこととかと思うとそれこそ「けっ」て感じだ。ゲリラファームを起動させて気の赴くままに陣取りミッションに参加するけど、レベルの低い私は軒並み負けていく。気分を変えたくて地元の友達らにＬＩＮＥを送るけど皆授業中だから返してこない。圧倒的に暇だった。

あ、夜寝れなくなるやつだ。起きた瞬間そう思った。スマホを見て、少なくとも四時から三時間は眠っていたことを知る。物音がして、目を擦りながらリビングに出ていくとパパがキッチンに立っていた。

「寝ちゃった」

「俺もなんかゴロゴロしちゃったよ。今昨日買ったとんかつあったためてるからそれとご飯で食べよう。あ、そういやＬＩＮＥ見た？」

「見てない」

「玲奈は陰性だったたって連絡があったたってよ。よかったね。ユリも陰性なら来週から学校行けるよ」

「陰性でも私は大会出れないし」

本当は、チームが大会に出場できることを知って、身体中から力が抜けるように安心していた。それでも私はイラついているポーズを取り続けなきゃいけないと、変な使命を感じていた。

「とんかつとご飯だけ？」

「なんかお湯に溶かすコーンスープあったけど、それ食べる？」

「食べる」

「キャベツってないのかな」

パパはそう言いながら野菜室を開けて四分の一キャベツを取り出し、あった、と呟く。ラップに包まれたキャベツを手に載せるパパが、何だか未知の物体を見るような顔をしていて思わず笑い声を上げる。

「玲奈、千切りする？」

「何、パパ千切りできないの？」

「まあ包丁でキャベツを切れないわけはないけど、うまくはできないんじゃないかな」

じゃあやってみよっかなと言いながらキャベツを受け取り、まな板に載せる。

「端の切り口は切り落とした方がいいんじゃない？」

「分かってるよー」

キャベツを切っていると、パパが「なんか指切りそうだな」「なんでそんなグラグラするの」「俺がやろうか？」と心配してくるから「できるよ」と突っぱねる。ママの千切りとは違うけど、まあまあ食べ応えのありそうな千切りキャベツができた。キャベツにとんかつ、コーンスープにご飯。という即席の夕飯を食べながら、「パパとんかつばっか食べちゃわないでよ」とか「コーンスープ薄くない？」とか文句をこぼす。ママがいない生活ってこんな感じか。とふと思う。別に悪くない。ジャンクフードいっぱい食べれるし、お弁当は見栄えするように自分で冷凍食品を詰めればいい。結局ママっていうのはご飯と学校の責任者だ。その辺自分とパパで担えるなら、別にママがいなくたっていい。パパはスポーツをやることを応援してくれてるし、ちょっとズレてるけどそこまで言葉が通じないと感じたことはない。

「ねえパパ。パパはママが嫌にならないの？　こんなことになって、うざ、とかあり得ないとか思わないの？」

「思わないね。むしろ会社に行かなくて済んでラッキーだよ。非常事態感があって面白くない？　スーパーであんなに買い物したのも久しぶりだったし」

「まじ？　私はもう最悪なんだけど」

「大会出れなくなってラッキーとか、ちょっとホッとしたみたいなところはないの？」

「ないよ！　そのために頑張ってきたのに！」

「へえ。やっぱり玲奈はリア充だな」

何だか結局パパともあんまり理解し合える感じじゃない。でも何でだろう。パパに理解してもらえないのと、ママに理解してもらえないのはちょっと違う。パパに理解してもらえないのは「へー」て感じだけど、ママに理解してもらえないのは「心が半分焼け焦げた」みたいな感じだ。この感じを、ママも持ってるんだろうか。私のことを理解できなくて、自分のことを理解してもらえなくて心が半分焦げた感じを、持っているんだろうか。ご飯を食べ終わった頃、ママから「アクエリアス部屋の前に置いといてくれない？」とLINEが入って、玲奈置いといてくれる？　と言われたから、パパがやってよと突っぱねた。

夜八時、LINEをほとんど無視してしまっていて、未読が五十件に達していてもう開く気になれずにいると、突然LINE通話の着信音に設定しているラブドリの曲が鳴り響いた。掛けてきたのはヨリヨリで、うーん、でもなあ、うーんでも、いやでもなあ、と悩んだ挙句通話ボタンを押す。

「何だよレナレナー。返事ないから心配しちゃったじゃん」

「いやー、落ちちゃってさ。なんか何もする気になれないんだよ」

「私ら今レナレナんちの近くにいんだけどー」

「は？」

「駅前でマックしてるからおいでよー」

「は？　何で？　てか私らって誰？」

「ミナミ。ミナミがどうしてもレナレナに会いたいって言うから、私レナレナんち行ったことあるよっつって連れてきたの」

「てか、会えないよ。一応私は陰性だったけど、コロナ陽性の人の濃厚接触者の濃厚接触者だよ？　もし二人にうつしたら最悪だし」

「うちら家出組っすよ。コロナとか気にしてらんないっすよ」

「は？　家出？　何で？」

「レナレナ、私、ミナミ。私昨日お父さんと話したんだ。そしたらお母さんがそれ知ってすごく怒って、出てけって怒鳴られたの。だから出てきた」

「だからって……。ていうかミナミ、ヨリヨリに話したの？」

「うん。お昼休みに玲奈大丈夫かなって話しかけたらなんか話が尽きなくて、今日部活サボって、今までずっと話してたの」

「そっか、そうなんだね。あっ、ねえちょっとヨリヨリに代わってくれない？　あ、ヨリヨリ？　さっき私が陰性だったって連絡がきたみたいだから、チームの大会出場は問題ないって。バスケ部のみんなに伝えてくれない？」

「ああ、なんかもうさっきグループで大会出場できるって回ってたよ。ま、私はベンチにも入んないから関係ないけど。てなわけで、私ら失うものはないわけだよ」

「だからって……。もし何かあっても責任取れないし」

「責任って、お前は大人か！　早くおいで！　マックね！」

ヨリヨリの浮かれた声と共に通話は切れた。多分、親が子供に付き合って欲しくない友達っていうのは、ヨリヨリみたいな子のことなんだろう。前にママに友達と撮った写真を見せた時に「前に話してた、悪い子ってどの子なの？」と聞かれたことがあって、「なに悪い子って……」と言うと「なんか、勉強しないとか、親のこと馬鹿にしてるとか、よく部活サボってる子の話してたじゃない」と言われてヨリヨリのことだと気づいた。友達のこと悪い子とか言わないでよと怒ると、「悪い子っていうのは便宜的に使った言葉だよ」と返された。直後に「べんい」で調べると「大便をしたい気持ち」としか出てこなくて、え大便てウンコのことだよね？　私勘違いしてる？　と「大便」で検索したらやっぱり「糞便、俗にウンコと呼ばれる」と出てきてママは一体何の話をしてたの？　誤魔化《ごまか》すために適当な言葉を使っただけ？　ともやもやしたけど、数ヶ月後国語の教科書で「便宜《べんぎ》」に出会った瞬間「これか」となった。

迷いながら着替えをして、迷いながら髪の毛をとかして、迷いながらリュックを背負った。準備ができてしまうと、まあちょっとくらいならバレないかと開き直って、音をたてないよう気をつけて部屋を出ると、そろりと家を出た。

一日ぶりの外の空気に、皮膚が呼吸しているようだと思う。マスクをして手指消毒をしたけど、何となく自分が保菌者だったらと不安で、思わず辺りを見回してしまう。マックに着くと、私はポテトのMを注文してトレーを持って二階に上がった。
「レナレナ！　ほら来た！　言ったでしょー？」

「玲奈、会いたかった」

二人にやいやい言われながら一緒のテーブルに座ると、何だか奪われた日常が戻った気がしてついつい頬が緩んでしまう。

「ほんともー最悪なんだけど。あ、二人ともマスクしてね。まじ最悪お母さんのせいでこんなことなって、どうしてくれんのって感じ」

「でもさ、そんなこと言ったらお母さん可哀想じゃない？　仕事の人が罹っちゃったんでしょ？」

「そうだよ今お母さんが罹っちゃったとしてもお母さんのせいってわけじゃないじゃん。全部コロナのせいじゃね？」

うーん、と言葉を濁して黙り込む。ママの不倫のことは小学生の頃からの親友のヒナにしか話したことがない。ヒナも何と言って良いのか分からないようだったし、私もどんな反応を期待していたのか自分でも分からなかったし、ちょっと微妙だった。もちろん話して楽になった部分もあったけど、誰かにバラされたら嫌だなと、一番信頼しているヒナに対してもどこかで少し不安になるところがあったし、やっぱりもう二度と誰にも話すまいと心に決めたのだ。

「まあね。でもお母さん先週ライブとかにも行ってたし。気をつけてたって言ってるけど、全然普通に遊び歩いてたし」

「お母さん遊び歩くってどんなとこ遊びに行ってんの？」

「なんか、映画とか、ネイルとかも行くし、普通に飲みにも行くし、友達んち？　行ったりとか。週の半分は夜外に出てる感じだよ」

「いいなー。お母さんが夜家にいなかったらめっちゃ好き放題できんじゃん」

「玲奈のお母さんには、家以外の活動があるんだね。それはいいことだと思うよ。うちのお母さんも、アメリカにいた頃ボランティア活動始めてからすごく活き活きし始めた」

ミナミの言葉に、うちのママもボランティアなら良かったのにと残念な気持ちになる。

「二人ともいいなあ。うちのお母さん地縛霊なんじゃないかと思うくらい家いるよ。家出るの買い物の時だけ。ずーっと家に張り付いて勉強勉強言い続ける妖怪みたい」

「ねえていうかさ、二人、親には何て言ってきたの？」

「何も言わなかった。さっき電源入れた時にお母さんからどこいるのってメールが入ってたから、帰らないって返して電源切った」

ミナミは軽く興奮して言った。この感情とか主張がダダ漏れな感じは、ママのお姉さんの伯母にもよく感じる。アメリカの気質なのかなと思ってたけど、帰国子女全般に似たようなダダ漏れを感じることに最近気づいた。それで、どこからの帰国子女も、「私はこう！」という主張が強いんだとしたら、逆に日本の人の主張が弱すぎるということなのかもしれないとも気づいた。

「ヨリヨリは？」

「まあ、私も朝喧嘩したんだよね。もう何が理由だったか覚えてない、プリント出さなかったとかお弁当出さなかったとかみたいなくだらない理由で言い争いになって。それでもう知らないこのクソガキみたいなこと言われて……」

「そんなこと言うの？　お母さん」

「まあ、そこまで言われるのは初めてかな。そんで、イライラすんなーレナレナに全部話そーって思って学校行ったらレナレナがいないわけさ。そんで今に至る」

「家から連絡は？」

「ずっと電源切ってたんだけど、さっきレナレナに電話する時電源入れたらお母さんからLINE入ってた。どこいんのって。で未読スルー」

「でもさ多分、このまま連絡しなかったら普通に考えて学校に連絡、からの警察に連絡、じゃない？」

　二人は憂鬱そうな顔を見合わせた。

「連絡しなよ。ちょっと友達と話したいことがあるから遅くなるって。それだけ入れとけば警察に連絡することはないだろうから。二人とも大ごとになるのは嫌でしょ？」

　確かに、入れとこうか、と二人は言い合ってスマホを起動させた。

「誰と一緒か聞かれたら、私と会ってたことがバレたら何か問題になるかもしれないから、私の名前は出さないで、ヨリヨリはミナミと、ミナミはヨリヨリとって答えなね」

　二人ははーいと答え、素直にメッセージを打つ。二人とも即座に返事が返ってきて、母親という存在の情念を感じる。

「まあさ、ちょっと息抜きして帰れば二人とも気持ちが楽になるだろうし、お母さんたちも頭冷やしてくれるかもよ」

「違うの。そういうんじゃなくて、本当に私は帰りたくないの。絶対に帰りたくない」

ミナミは、さっきの母親には家庭以外の生活があった方がいいと言った時の大人びた顔を、すっかり幼い子供のような顔に変えて言った。

「そんなこと言ったって、中学生が泊まれる場所なんてないし、夜を明かす場所もないよ。カラオケも夜は年確あるし」

「玲奈の家は？　お母さん部屋に閉じこもってるんでしょ？　何とか潜り込んで泊まらせてもらえない？」

「いや、お母さんのコロナ問題がなければ何とかできたかもしれないけど、今はさすがに無理だよ。もしそれで二人にうつっちゃったりしたら私が辛いし」

「じゃあ、私公園で寝る」

「じゃ私も。二人いれば何かあっても平気でしょ」

「ちょっとちょっと、冷静に考えてよ。制服姿の中学生が深夜の公園にいたら通報されるって」

この中で最も冷静で真っ当な思考回路を持っているのが自分であるという事実に、唐突に不安を感じる。ミナミは帰国したばかりということもあって世間知らずだし、ヨリヨリは豪快で適当な性格のせいかあまり論理的な思考ができないのだ。

「でもさミナミ考えてみて。今日もしどこかで夜を明かすことができたとしても、明日の朝学校に行ったらきっとお母さんが来てると思うよ。学校にも家にも戻らずに放浪していくなんて無理でしょ？　私たちはもう何ていうか、状況的に詰んでるんだよ」

でも、私はどうしてこんなに達観しちゃってるんだ？　とも思う。どうして当てもなく先のことも全然考えないまま突っ走る、みたいなことができないんだ？

「いいの！　明日連れ戻されるんでもいい！　でも今日は帰りたくないの！　今日帰らなければ、納得できると思うの。私の気持ちも、ちゃんとお母さんに伝わる気がする」

「分かる！　示したいんだよ。私たちは本気だ！　って。じゃなきゃ伝わらないもん」

ミナミの言葉にヨリヨリが追い討ちをかける。

「じゃあ、家出は一晩だけでいいってこと？」

私の言葉に、ミナミは気持ちよく「うん」と答え、「私も明日になったら帰る！」とヨリヨリも同調する。

「すぐそこのコンビニでバイトしてる中国からの留学生の女の子がいてね、ちょいちょいゲームやったりして仲良くしてるんだけど、その子にちょっと、ミナミとヨリヨリを泊まらせられないか、聞いてみようか？」

「まじ？　お願い！」

「聞いてみるだけだよ。無理には頼めないから、本当に聞いてみるだけ」

はー、これが日本の非行少女ですか。神社にやって来たイーイーは、階段に座り込んでいる私たちを見て言った。

「駄目だよ。絶対に駄目。あなたたちは絶対にしちゃいけないことをしてる」

厳しい口調で言うイーイーに、私はどこかホッとしていた。二人は浮かれてたけど、やっぱり、中学生が初対面の人の家に行くのは危ないことだし、泊まるなんてもってのほかだ。イーイーにメッセージを送った瞬間から、正直私はずっと後悔し続けていた。どこにいるの？　と聞かれ、神社の境内にいると返信してからは、もしイーイーが二人を預かって、そんなことないと信じているけどもしもイーイーが本当は悪い人で何か事件に巻き込まれたりしたらと想像して、私は自分勝手な上に友達も信用できない最低な人間だと自己嫌悪にも陥っていた。イーイーを完全に信用しているはずなのに、私はどうして恐ろしい想像を繰り返してしまったのだろう。もしかして、彼女が中国人だからだろうか。そんなことはないと思うけどもしそうだとしたら私は自分が許せないし、もし本当に自分がそんな人間なのだとしたら、こんな人間のままもう二度と誰とも仲良くなりたくなどない。私は、どうしたら人を信用していると言えるのか分からないことに、真っ暗闇に取り残されたような心細さを感じていた。

「この中に、お父さんお母さん、他の家族から暴力を受けている子はいる？」

ミナミが一番に、私とヨリヨリが続いて首を振った。

「家出をした理由は？」

イーイーの強い口調に押されたように「お母さんに出ていけって言われた」とミナミが小さな声で答え、「このクソガキって言われた。言葉の暴力だよ」とヨリヨリは苛立ちを見せた。イーイーが私を見たから、「私は家出してないよ」と首を振る。

「そこまでに色々あったんだって、私にも分かるよ。お母さんと娘はいつでもすれ違い。好きに嫌い、嫌いに好きが混ざってる。いつでも話は聞く。でも今日は駄目。もう十時半。日本は安全だけど、絶対に安全じゃないよ。あなたたちを見たら分かる、いいものを食べさせてもらって、いいものを身につけさせてもらって、いい学校、いい友達を作る環境をもらってる。それだけで、あなたたちが家出をする理由なんてなくなるよ」

いつもラブドリとかゲームの話ばっかりしてたから、私はイーイーがこんなに大人だなんて知らなかった。「ほら今すぐお母さんに電話掛けて、今から帰るって言いなさい」とイーイーは慌ただしいジェスチャーをして、「ほらほら濃厚接触者の濃厚接触者も帰りなさい」と一応会う前にと思ってお母さんの事情を説明していた私にも指示する。

「この子たち、最寄り駅はどこなの？　私送って行くよ」

「でも、そんなの悪いよ。イーイーバイト終わりで疲れてるでしょ？」

「中学生を今から一人で帰せるわけない。これは大人の役割ね」

ヨリヨリとミナミはお母さんに電話を掛け、しばらく話した後電話を切った。ミナミは目に涙を浮かべている。お母さんに泣かれたのかもしれない。ヨリヨリは憮然としたままだったけど、もう帰ることに異論はないようだった。

「スクリーンタイムでLINEもう見れないから、帰ったらSMS送って」

「うん。ねえ玲奈、今日はありがとう。玲奈も辛い時なのに、いつも頼っちゃってごめん。また学校でね」

「うん。お母さんが陰性なら、来週からは学校行けるから」

「待ってるよ。まじレナレナのいない学校はクソつまんないから」

クソという言葉に反応してイーイーが眉間に皺《しわ》を寄せるから笑ってしまった。

「ごめんねイーイー、二人をお願い」

「いいよー。レナレナも気をつけて」

うんと言いながら背を向けると、私はマンションに向かって歩き出した。この駅前の神社から家までは五分程度で、そんな短い道のりも、いつもと何かが違う気がした。


家に帰った私は、そこがいつもと何にも変わらない普通の家であることにちょっと引く。ママはもちろん、パパも私がいないことには気づかなかったようだ。この二時間半の私にとっての冒険は、まるで異次元で起こったことのようにさえ感じる。冷蔵庫と食料棚を漁ると、クッキー二枚入りを二袋、グミ、コーラ、ポップコーンの小袋を持って部屋に戻る。ベッドでボリボリ食べてると「今家に帰ったよ。イーイーさん、家まで十五分歩くって言ったらタクシーに乗りなって二千円貸してくれたんだけど、駅出たらママが待ってて、結局使わなかったから次玲奈に会った時返すね。電車でも色々話聞いてくれて、私の悪いところもちゃんと言ってくれて、ちょっと冷静になれた。また会いたいな」とミナミからSMSが入った。ほっとして、「おかえり。ゆっくり休んでね。イーイーとはまた今度、普通にまた四人で話そうよ」と返す。

クッキーもグミもポップコーンも食べ切って、何だか暇すぎて腹筋三十回を五セット、腕立て三十回を三セットこなしてもヨリヨリから連絡がなくて、何だか私は少し不安になってくる。うちの最寄りからヨリヨリの最寄りまで、三十分弱だったはずだ。乗換案内で検索してみるけど、やっぱり乗車時間は二十六分になっている。一回しか行ったことはないけど、ヨリヨリの家は駅からそんなに遠くなかったはずだ。お母さんと大喧嘩とかになってるんだろうか。机の中からぷっちょを出して二つ食べて、更に腹筋と腕立てを二セットずつ繰り返したけどやっぱり連絡はこない。不安で部屋の中をうろうろした挙句、ヨリヨリに「大丈夫？　家ついた？　スマホ取り上げられたとか？」とSMSを入れるけど、返事がこない。落ち着かなくて、私はパパの部屋に行く。パパはモニターでつまらなそうな本の紹介番組を流しながら書類に向かっていた。ベッドに横になると、私はスマホを光らせてやっぱり連絡がきていないことを確認する。

「お腹空いたの？」

「もう夜のおやつは食べた。私見るとすぐに食べ物の話するの止《や》めて」

パパは笑って、最近よく食べてるからさと言う。

「玲奈の少食を、小さい頃からユリはいつも心配してたんだよ。俺がご飯よそうと、多く盛ると量負けして食べられなくなるからほんのちょっとにしろとか、味噌汁にネギがたくさん入ってると飲まないから玲奈の味噌汁にはネギをほんのちょっとしか入れるなとか言われて。だから玲奈が食べるようになってからすごく嬉しそうで、玲奈が今日はこんなに食べた、こんなものも完食したとかいつも言ってて。玲奈がよく食べるようになってから、ノンフライヤーとか圧力鍋とかも買ったし、この間はホットサンドメーカーも買ってたよ」

「ふうん。でも私、そんな食べてたらそろそろヤバいと思うよ。なんか成長期もそろそろ終わりっぽい感じするし」

「まだまだ伸びるよ。お腹が空くってことは、それだけ体が必要としてるってことだからね」

「それ聞き飽きた。それでめっちゃ太ったらどうしてくれんの」

「俺もユリも太ってないから大丈夫だよ」

「はいはい」

「玲奈はユリのこと、怒ってるの?」

パパが振り返って聞くから、別にとスマホを見ながらベッドにゴロゴロする。

「罹患した人を責めるような風潮に与《くみ》しちゃ駄目だよ。コロナ差別なんて、馬鹿げてる」

「そういうことじゃないよ。どうしてパパはその辺割り切ってるの? 私はコロナが嫌なんじゃない。ママに彼氏がいるのが嫌なんだよ。パパは嫌じゃないの?」

「嫌だよ。でもユリにそれが必要なら、仕方ないことだよ。ユリと俺は生き方が違う」

「もし私がいなかったら、ママとパパはもう離婚してた？」

「もし玲奈がいなかったら、ママはもうとっくに死んでたかもしれないし、俺は今頃モロッコとかに住んでたかもしれないよ」

「何それ。意味わかんない」

　パパはもう答えず、自分の言ったことにウケているのかニヤニヤしていた。大袈裟《おおげさ》にため息をついた瞬間スマホが震えて私はパパの部屋を出る。ＳＭＳはヨリヨリからで、ほっとしつつ自分の部屋に戻って開く。「レナレナどうしよう。イーイーさんが送ってくれたんだけど、タクシー代渡してくれたところお母さんに見つかっちゃって、お母さん誤解してて大騒ぎして、警察が来ていま交番にいるの」ギュインギュインと音がしそうなくらい頭が混乱して、私は視点が定まらなくなっていくのを感じる。どうしよう。イーイーは誘拐犯だと思われてるんだろうか。え、送ってただけなのに、何かの罪に問われるなんてことないよね？　私が紹介して知り合った人で、夜遅くて心配だから送ってくれたってことを、ヨリヨリはちゃんと警察の人に話したんだろうか、もし未成年者略取とかと勘違いされたら、イーイーが強制送還になったりする可能性はあるんだろうか。え、悪いことしてないのにさすがにそんなことないよね？　冷静にそう思う気持ちはあるのに、イーイーと友達が受けた差別の話が蘇って、心臓をめちゃくちゃに引っ掻《か》かれているような痛みが走る。私はまだ何が罪に問われる可能性があって、何が罪に問われる可能性がないのか分からない。そう気づいた瞬間、恐怖と情けなさに泣き出していた。体を震わせてぼろぼろと涙を流しながら、部屋を出てリビングと繋がるママの部屋をガンガン叩く。勢いよくドアを押し開けた私を見て、デスクに向かっていたママは驚いた様子で振り返り、どうしたのと言いながら、慌ててバッグの中を漁ってマスクをつける。

「どうしよう！　ママ助けて！」

声を上げてドアの前にしゃがみ込み、泣きじゃくる私に歩み寄り、ママは私の頭を撫でた。

「何があったの？」

「イーイーが、近くのコンビニでバイトしてるイーイーっていう子が、中国人なんだけど、誘拐だと間違われて警察に連れて行かれたの。誘拐じゃないの。私の友達を、ヨリヨリを送って行ってくれただけなの。本当にイーイーは悪い人じゃない。友達なの。もうずっと友達なの。ミナミも送ってくれたの。ミナミとヨリヨリは家出してて、それで私に会いたいって言って、私もさっきまで一緒にいたの」

ぐちゃぐちゃな頭の中がぐちゃぐちゃのまま出てくる。頭がショートしたみたいに熱くなっていて、身体中がぽかぽかしている。どうしよう！　ともう一度叫んで、わんわん泣いていてロクに話せないでいるとパパも部屋から出てきて、どうしたのと啞然とした様子で呟いた。

「奏斗、お水持ってきて」

ママに促されてソファに座り、パパが持ってきたペットボトルから水を一気に飲むと、少しずつ落ち着いてきて、涙を拭いながら私は順を追って説明していく。一年くらい前からイーイーという中国からの留学生と仲良くしていたこと、ヨリヨリとミナミがお母さんと喧嘩をして家出したこと、私を呼び出し、マックでダべっていたこと、イーイーの家に泊めてもらえないかと聞き、帰りなさいと説得されたこと、送ってくれたイーイーが、ヨリヨリのお母さんに見つかり、交番に連れて行かれたこと。ママはローテーブルの向こうに座りこみ、途中で何度か「それはどこで？」とか「誰が？」とかの質問を挟んだけれど、じっと聞いていてくれた。

「まあ大体のことは分かったよ。じゃあ、玲奈のスマホで依子《よりこ》ちゃんに電話を掛けて」

言われた通りに掛けるけど、ヨリヨリは出ない。出ないと言うと、「じゃあイーイーって子に」と言うから、私は言われるがままに電話を掛けるけどやっぱり出ない。仕方ないなと言って、ママはチェストの引き出しを漁り、ファイルを漁り、自分のスマホで電話を掛けた。相手は担任の若槻先生のようで、事情を説明してヨリヨリのお母さんの連絡先を知りたい旨を伝えた。一度電話を切ったあと、先生から電話が掛かってきて、ママは電話番号を書き留めた。すぐにヨリヨリのお母さんに電話を掛けたけど、やっぱり出ないようだった。その時私のスマホが鳴って、私は慌ててスマホを落としてしまう。ヨリヨリからだった。

「もしもしヨリヨリ？」

「うん。今まだ交番で」

貸しなさいと言われ、私は出かかる言葉を止めてスマホをママに渡した。

「玲奈の母です。依子ちゃん、まだ交番にいるの？　お母さんは近くにいる？　ちょっと電話代わってもらってもいい？」

森山玲奈の母ですと自己紹介をすると、ママは私の話したぐちゃぐちゃな内容をざっと五行くらいにまとめて伝えた。ママの話す内容と口調から、状況は特に深刻ではないことを悟る。なんか知らないけど、ママは笑って話してて、きっとその電話の向こうにいるイーイーも、きっといつものあの朗らかな笑顔でいるんだろうと想像したら、安堵でまた泣けてきた。私あんな大泣きして、わんわん泣いて、蹲《うずくま》っちゃったりして、ほんと何ていうか、間抜けだった。

「依子さんとイーイーさんに電話しても出なかったから、私若槻先生に電話しちゃって、馬鹿正直に南さんと依子さんが家出したこと話しちゃったんです。なので、もしかしたらそちらにもお電話がいくかもしれません。本当にすみません。いえ、こちらこそ、私がこんな時なのに申し訳ないです。皆さん、家に帰られたら手洗いをしっかりしてください」

ママはそう言って、イーイーさんにもよろしくお伝えくださいと言い残すと、電話を切った。

「大丈夫。最初は依子ちゃんが玲奈と会ってたこと隠そうとして、ちゃんと説明しなかったからお母さんも激昂《げきこう》して怒鳴りつけちゃったらしいんだけど、イーイーさんがきちんと説明してくれたって。電話がきた時には、イーイーさんとお母さんと依子ちゃんと警察の四人でお茶飲んで、警察の人がうちの子も大変だったんですよーって思い出話して、イーイーさんも私も子供の頃大変な子供だったたって話してたって。依子ちゃんは多分、玲奈と会ってたことをお母さんに話しちゃったことを謝ろうと思って電話掛けてきたのかもね」

私と会ってたことは隠しておいた方がいいなんて、私が言ったからだ。ヨリヨリにも、イーイーにも申し訳なかった。

「友達が困ってる時に、やり方は拙くても何とかしてあげたいと思って行動できる子で良かった」

ママの顔を見つめて、自分のことを言われているのだと気づいて、小さく何度か頷く。

「私にはそういう青春はなかったし、そういう子たちに欺瞞《ぎまん》を感じて軽蔑してきたけど、玲奈を見てるとあなたが欺瞞なんかじゃなくてもっと馬鹿正直に行動してるのが分かる。玲奈を通して、これまで軽蔑してきた人たちのことを、私は少しずつ認められるようになってきた気がする」

ママの言ってることはよく分からなかったけど、多分すごく偏った見方をしてたのが、私のおかげでちょっと変わったってことだろう。

「お腹は空いてない？」

「もうやめてよ。みんな私の顔を見るとお腹のことばっかり気にして」

「今日は私と濃厚接触しちゃったから、もし私が陽性なら、玲奈は今日から二週間学校に行けないよ」

「えー、まあもういいよ。覚悟決めたし」

「じゃあ早く寝なさい。歯磨きしてね」

はい、と呟くと、私はずっとグズグズしていた鼻をブンブンかんでリビングを出ていく。ほんと玲奈って嫌がらせかと思うくらい鼻かんだ後のティッシュ捨てないよな。結局騒動の間中でくの坊みたいにテーブルに座ってぼんやりしてたパパがしみじみ言う声が聞こえて、それにケラケラと笑うママの声が続いた。パパだって洗面台に落ちた髭《ひげ》とか全然掃除しないしトイレの便座上げっぱなしにするくせに。そう思いながら、私は歯磨きをした。


レナレナー！　校門を入ってすぐのところでヨリヨリとセイラとナツが待っていて、私を見つけると思い切り抱きついてきた。待ってたぞ！　まじ長かった二週間！　おかえりレナレナ！　勢いよく投げつけられる言葉がくすぐったい。結局、ママは陽性。家族が陽性だった場合のガイドラインに倣って、私は二週間の登校禁止。ママは微熱とちょっと怠《だる》いかなくらいの症状で済んで、私は登校前に二度目のPCRを受けてからの登禁解除になった。数日前に顧問の松永先生から電話があって、もし戻ってきて体力が落ちてなければ準々決勝からスタメンで入ってもらうつもりだと言われたから、室内で可能な限りのHI《ヒッ》IT《ト》トレーニングを繰り返していた。昨日部屋から出てきたママは元気だったけど、隔離生活に心を病んだのか、私を見るなり会いたかったと抱きついてきた。昨日の夜はペペロンチーノと煮込みハンバーグと春雨サラダという私の好物が並んで、マジで食い過ぎた。

ミナミは今年いっぱいで学校をやめ、公立の学校に転入することが決まった。でも、お母さんが区役所で掛け合ってくれたおかげで、前に通っていた学校ではなくて、帰国子女や外国人の受け入れの多い、日本語教育に力を入れている公立に行けることになったという。中学の場所を調べて、私たち定期でいくらでも帰りに寄れんじゃん、とヨリヨリと盛り上がった。ヨリヨリは相変わらず、お母さんとは日常的にぶつかっているようだ。

「あれ、レナレナちょっと会わない間にちっちゃくなったんじゃない？」

百六十五センチのナツが私の頭に手を載せていつもの冗談を言う。

「なってないし！　私ガンガン伸びてるし！」

きゃっきゃと飛び跳ねて笑いながら校舎に向かっていく。二週間ぶりの学校は、まあいつもの学校だ。私がいない間にナツが早弁を怒られた話や、ヨリヨリが家出少女として先生の間でブラックリストに載っただの話を聞きながら下駄箱で靴を履き替えていると、

「玲奈」とミナミに声を掛けられた。

「ミナミ！」

はにかむミナミを抱きしめると、思ったよりも強い力で抱きしめ返されて、何だか涙が出そうになる。

「おかえり。待ってたよ」

「私も。ミナミにずっと会いたかった」

ずっと抱きしめ合っていると、「ラブラブだなお前ら」とヨリヨリにどつかれた。普段は大人数とつるまないミナミも一緒に、今日は五人で購買に行く。クラスが学食から遠いため、どうしてもお昼に食べ物を買いたい人は朝一でチケットを買っておくのだ。

「私今日お弁当ナポリタンだからポテト買おっと」

久しぶりのママのお弁当はナポリタンと唐揚げ、卵焼きとブロッコリーさつまいものサラダで、お腹が空いた時のためにとツナとしめじのホットサンドを持たされたけど、ホットサンドは部活後に残しておくから、お弁当にもう一品プラスしたかったのだ。

「私メロンパン買おっかなー」

そう言うヨリヨリに続いて「じゃあ私はクロワッサンにしよ」とミナミが言う。誰かがあれ買うこれ買うと言いだすとみんな我慢が効かなくなるもので、結局皆一枚ずつパンやお惣菜のチケットを買った。

「あ、そうだレナレナ、昨日ラブドリの武道館ライブ発表されたの見た？」

「見た見た！　ファンクラブの先行申し込むよ！　ヨリヨリ一緒に行く？　二枚申し込もうか？」

「行く！　来年になればお年玉入ってるはずだから行ける！」

「よしじゃあ二枚申し込む！　皆私たちのために祈ってて！」

はいはい、と笑われながら渡り廊下を歩いてクラスに向かう途中、三年生の集団が渡り廊下の端っこに固まっているのが見えて、そのうちの一人と目が合った瞬間モヤッと嫌な予感がする。家族が感染者になったことに、ナーバスになっていなかったと言えば嘘になる。バスケ部のみんなにはずっと申し訳ない気持ちでいたし、この登校初日自体が二週間の間ずっとどこかで憂鬱だった。私たちが近づくと、三年生四人が一斉に、下げていたマスクを鼻の上まで引き上げた。日本語でけたたましく喋っていた彼女たちが突然言葉を英語に変えたのが分かった。私たちの中で英語が分かるのは、私とミナミだけだ。嫌な感じ。そう思いながら通り過ぎる瞬間、"……positive for COVID-19……"という言葉と、それに大袈裟に反応する声が聞こえてカッと顔が熱くなる。そうだよママはコロナ陽性だよしかも不倫相手からな。心の中で吐き捨てると、"Fuck off!"と隣から歌うような声がして、私はびっくりしてミナミを見つめる。背後に殺気を感じたけど、目を合わせてクスッと笑うミナミは可憐で、私は思わず声を上げて笑う。不思議そうに私たちを振り返る他の三人に「ううん何でもない」と言った瞬間鐘が鳴って、ヤバイヤバイとヨリヨリが私の背中を押す。走れー！　と声を上げて、私たちはクラスに向かって走って行った。

狩りをやめない賢者ども

「ヤバい明日が楽しみすぎて絶対眠れない！」「レナレナってまじつよメンタルだよなー」「え楽しみじゃない？」「私は不安だなー。Bの居心地まじ良すぎた。てか担任佐々木とか小川とかになったらまじつら」「それな」「まあ慣れちゃえば新しいクラスが居心地よくなるんだろうけどさー」「だよ！　てか明日一緒に行くよね？」「いくいくー。最後尾でな」「おけ。まじ寝れなくて寝坊するかもだから朝電話してくれない？」「りょ」

何でか分からないけど、新しいことが控えているとわくわくする。転校とか中学入学とかはちょっと緊張したけど、わくわくが勝った。新しい生活、新しいクラス、新しい友達、そういうのが踊り出したくなるくらい楽しみで仕方ない。寝坊するかもと言ったけど、きっと気が昂《たかぶ》って六時には自然に目が覚めるだろう。二年前の中学校初日、電車の中で同じ色のリボンをつけている子を見つけて声をかけた。「一年生だよね？」と言うとその子は「あ、うん」とちょっと引いた顔をしたけど、内部生？　私外部だから誰も知り合いいなくて声かけちゃったと言うと、私も外部だよと彼女はやっと笑みを浮かべた。それがヨリヨリとの出会いで、未だに学校始まる前に友達作るやつがいるなんてなとヨリヨリにからかわれる。

どこに住んでる？　どんな小学校行ってた？　趣味とかある？　私はラブドリってユニットが好きなんだけど知ってる？　どんな担任になるかな？　どうしてこの中学受験したの？　ほんとに一瞬も学校でスマホ使っちゃいけないのかな？　と矢継ぎ早にお互い質問と疑問をぶつけ合いながら学校に向かって、なんかホールで校長先生の長い話を聞いてクラス分けの紙を見に行ったら私とヨリヨリは同じA組で、やったねと声を上げて一緒にクラスに向かった。すぐに友達の輪は広がって、入学から一週間経った頃にはもうなんか長年の付き合いみたいな友達が五人くらいできてたし、気づくとクラス内外の十個くらいのＬＩＮＥグループに入っていた。親とか担任に反抗的で、怖いものなんか何にもなさそうなヨリヨリは意外に交友を広げることに消極的で、私は仲のいい友達が二、三人いればいいからと公言している。四年生の時転校した小学校は一クラスだけで、しかも二十人くらいだったため、何となく皆親戚みたいな感覚で付き合っていたから、一学年六クラスというこのマンモス中学校は、私がそれまで知らなかった大きな世界のように感じられた。色んな人が、自分と違う人たちがたくさんいる。それだけで刺激的だった。

私は一人でいるのが嫌いで、家でも外でも基本誰かと話していたいし、時間制限でスマホが見れなくなってしまうとママやパパと話したり、最悪ドラマを観ながら独り言を言ったりする。人の声がない時間が苦痛だ。だから、クラスで休み時間一人でいたりする子を見るとつい一緒に話さない？　とか、皆で屋上行かない？　とか誘ってしまって、居心地の悪い思いをさせてしまったり、あとで「大人数で話すのが苦手なんだ」とやんわり牽制《けんせい》されたことも一度や二度ではない。

「私にとって外に出ることは硫酸の海に飛び込むようなことで、一瞬でも外に出たら身体中が炎症を起こして死にかけた。もちろん、外っていうのは抽象的な意味での外だし、死っていうのも抽象的な意味での死だよ」

中学に上がってすぐの頃、何となくクラスで孤立してるように見えたから、お弁当とか帰り道とかあれこれ誘ったりしていた子にやはりやんわりと拒絶された時、こんな子がいてと話したら、ママはそんな話をした。それ以来、大人しめな子を誘おうとするたび、硫酸に飛び込む想像が浮かんで躊躇《ちゅうちょ》するようになった。ママはいつも大げさな言い方をすると呆《あき》れたけど、彼女たちにとっては、本当にそれくらい辛いことなのかもしれなかった。実感としては分からないけど、私が楽しいこと嬉しいことを、彼女たちは一ミリも楽しくも嬉しくもないかもしれないのだ。人って皆同じ考え方だったら楽なのになー、とめんどくさくなって言ったら「そうしたら恋愛も友情もなくなって、自己愛と自己嫌悪しかなくなるね」とママはちょっと愉快そうに言った。よく分からなかったけど、皆が同じになったら皆が自分になっちゃうねってことだろうか。別にそんな極端な話をしたかったわけじゃないんだけどとムッとしながら、私はママの言葉を無視した。

クラス分けの紙が張り出されている下駄箱すぐの廊下には生徒たちが溜まっていて、一年二年と同じクラスだったヨリヨリととうとうクラスが分かれたことを知る。まじショック……と言いつつ、「あ、ナツと一緒だ」「あ、セイラいるー」「えーDバスケ部員多くね？」「てかDののちがいるー」「いーなー天使ののち」「てかAパスコいんじゃん」「ほんとだ。あてかおいパスコー！」ヨリヨリが手を大きく振ると、パスコがおーヨリコーと言いながら駆け寄ってきた。パスコはパンが好きでいかに自分がパスコのパンに愛情を持っているか熱く語っていたからじゃあパスコねとなって一年の途中からパスコになった。それまではユウナだった。お弁当の主食はいつもサンドイッチかホットサンドかベーグルサンドで、何度か食べさせてもらったことがあったけど、私とヨリヨリの間では「パスコはパスコが好きなんじゃなくてお母さんの作るサンドイッチが美味しすぎるだけってことに気づいてない説」が囁《ささや》かれている。

「パスコ私と一緒のAだぜー」

「まじー？　レナレナは？」

「D」

「そっかー初期メンなかなか揃わないねー」

初期メンは一年の最初の頃仲の良かった四人、私とヨリヨリとパスコとカナだ。でも途中からナツも入ったし、何だかんだLINEの「初期メン！」グループは今では八人で構成されていて何が初期なんだかよく分からない。皆でクラスに向かって、途中でヨリヨリとパスコに手を振る。二人と一緒になれなかった寂しさもあるけど、別れてしまえば新しいクラスへの期待に胸が膨らんでいく。3-Dのクラスに入ると、ホワイトボードに座席表が張り出してあった。仲のいい子たちが何人かきゃっきゃと声を掛けてから席につく。セイラと目が合うと、ニッコリ笑って手を振ってくれた。

今日はいつも朝は寝ているママが三年の初日だからと無理して起きてきたおかげで、ベーコンエッグにクロワッサン、ヨーグルトにフルーツの盛り合わせまで出されてほとんど食べ切ってしまったけれど、それでも担任の中川和歌子がやってきて生まれ育ち先生になった理由彼女の子供たちの性格をも含めた自己紹介が終わる頃にはお腹に余白を感じていた。レタスチーズハムとかでクロワッサンサンド作れるけど、お弁当に追加で持っていく？　と聞いたママに「満腹すぎてそんなものがお腹に入ると思えない」と答えてしまったのが悔やまれる。二時間目後の休み時間私のお腹に入るはずだった幻のクロワッサンサンドが頭に浮かんで、授業が始まってもなかなか消えなくて全然授業が頭に入らなかった。

また緊急事態宣言出るらしいね。えーまじ。てかでも休学にはなんないんでしょ？　部活は休止するかもって聞いたよ。え、それはまじ勘弁。バスケ部は、普通に大会とかもやる予定なの？　やるやる、三年だもんやれなかったらまじ泣く、去年は先輩たちが大会中止になってショック受けてたの見てるし、先輩たちの無念を晴らそうってこの間皆で話してたんだよ。

そっか、素敵だね。とセイラはちょっと大人びた余裕ある態度で微笑んだ。そんな顔どこで覚えたんだろうと想像して、もしかしてセイラって彼氏とかいるのかなと考える。三年に上がってすぐ同じクラスの男の子に告られたとミナミに聞いて以来、何だか人の恋愛事情が気になって仕方ない。3－Dで新しくクラスメイトになった子たちともほとんど皆友達と言えるくらい仲良くなったけど、二年で同じクラスだったセイラと話しているとやっぱりちょっと安心感がある。文芸部という謎の部活に入っている人たちはちょっと近寄りがたい雰囲気があるけど、セイラはちょっと別枠なのだ。

「てかずっと疑問だったんだけど、文芸部って何するの？」

「うん？　読書会とか、創作合評とか、年度末にはその一年に読んで最も好きだった本を選んでビブリオバトルやったり、校内新聞にお薦め図書の記事を書いたりもするかな」

「ふうん。え、読書会って皆で本読む会ってこと？」

「皆で課題図書を決めて読んできて、その本について話し合うの」

私はその様子を想像して、何だか老人が地域の立ち寄り所に集ってるみたいだなと思いながらふうんと頷く。面白かった、普通だった、つまらなかった、以外に何を話すんだろう。その三つしか感想がなかったら話し合いになんかならないはずだから、もっと何か意味のあることを話すんだろうけど、本に対する言葉で何が意味のある言葉なのか、私にはよく分からない。

「じゃ創作合評って？」

「誰かが書いてきた作品を読んで、意見を言い合う会」

誰がどんな作品を出品して、どんな意見が飛び交うのか想像もつかないけど、まあ基本的に、何か読んで意見を言ったり書いたりするってことがメインの活動だってことは分かった。ビブリオバトルは一年の時学年全員でやったことがあったから知っていた。ちょっと見てくれない？　とワークシートに書いたあらすじと推薦文をママに見せたら、私の書いた文字数を遥かに上回る指摘を赤ペンで書き込まれたからやる気を喪失した。あげく、短編集の表題作しか読まずに推薦するのはあまりにもだから、今からでも通して読みなさいと、まあ言われるだろうと思っていたことを言われた。

後日、一学年分のワークシートをまとめた冊子が配られてパラパラ読んだけど、誰がうまくて誰が下手なのかすら私にはよく分からなかった。目ざとく分厚いそれを見つけたママは楽しげに読み入っていて、玲奈《れいな》と同い年の子がこの本を読んでるのか、とか、この子は本のチョイスも文章も素晴らしい、絶対に文章に携わる仕事に就いた方がいい、と三人くらいめっちゃ褒めていた。中学生でもこんなにも才能が目に見えるものなんだねと満足げに冊子を返してきたママは、この本とこの本は読んだ方がいいよと勧め、別に読みたいとも言ってないのに二冊とも渡された。ジェンダーをテーマにした韓国の小説と、ヨーロッパ在住のコラムニストの本とのことだった。二冊とも二ページくらい読んで本棚にしまった。三人の文才ある私の同級生を褒めたママは、私の書いたページには一言も感想を漏らさなかった。ママは正直で、それに救われる時もあるけど、普通にけっと思うこともある。

「言い方あれかもしんないけど、文芸って面白いの？」

「文芸は、楽しいも面白いも、悲しいも寂しいも、辛いも虚しいも腹立たしいも、全部あるよ」

セイラはまるでその全てを一から百まで体験したことがあるような、全てを許すような穏やかな顔でそう言った。なんかこの感じは、ママと話してる時の疎外感に似てる。そう思った。結局、私には面白いとつまらないの一本軸しかなくて、その一本の上を行き来するだけだけど、セイラみたいな子にはもっと色んな軸があるってことなのかもしれない。複雑な折れ線グラフとか円グラフとか棒グラフとかがぐちゃぐちゃになったものの中を、行き来してるのかもしれない。いや、もしかしたら自分がどこにいるのかさえ分からなくなる時なんかもあるのかもしれない。そんな複雑だったら私死んじゃうけどな。って思うけど、彼女たちは死なないために本とか読んで自分の複雑さを受け入れようとしてるのかなと思ったら、何だか悲しくなってきた。それが単純な自分に対する悲しみなのか、複雑さを受け入れようとしているセイラに対する悲しみなのかよく分からなかった。もしかしたら、私たちめっちゃ違うなってことに対する悲しみなのかもなと思った。


中学一年の時の電車通学と、今の電車通学はちょっと違う。皆マスクをつけてて、空けられるだけ間隔を空けている。外では基本マスクをつけているから、たまに体育の時とかにマスクを外すと「外の匂いだ」とその新鮮さや、季節によって外の匂いが変わることに驚いたりする。夏の匂いとか雨の匂いとか、はあ？　って感じだったけど、今は普通に分かる。

　自粛警察がいるかもしれないけど、もし何か言われても気にしないように。ママは去年休校が解除された頃そんなことを言っていた。マスクをつけていない人を注意するおじさんとかおばさんがいるらしかった。私は出会ったことはないけど、パパがマスクをつけないで自転車に乗っていたら、マスクあげようか？　とマスクを渡そうとするおばさんに遭ったと話したことがあった。え、そんなんただの親切な人じゃんマスク今手に入りづらいんだし、と言ったけど、日本に於いてマスクは義務じゃない、人にマスクを押し付けるのは凶悪犯罪に近い行為だよ、とパパは鼻で笑って、その人がコロナに罹ってたらそのマスクを通じて感染するかもしれないしねとママも皮肉っぽく笑って同調した。私が学校や外で見聞きした親切な行為や正義感によって引き起こされたんであろう誰かの言動についで話すと、彼らはそういう風に反応することがよくあった。「変態なんじゃない？」「その子は玲奈のことを独占したいからそんなことを言ったんだよ」「それは褒め言葉じゃなくてマウントだよ」「それは親切に見せかけた巧妙な抑圧、ハラスメントだね」よく分からないけど、人の親切とか正義感は、必ずしもいいものとは限らない、あるいは裏の意味がある、という意味っぽかった。どうして親切だと思ったことを、正義感に感動したことを、疑わなきゃいけないんだろう。どうして親切にしたい時、正義感に突き動かされる時に、深読みされるかもって心配しなきゃいけないんだろう。私は何だか、彼らのそういう言葉を聞くたび自分の大切なものがこぼれ落ちてしまうような気がして、いつからか話を半分の半分くらいにしか聞かないように気をつけるようになった。

「おーい、玲奈」

駅から出て信号を渡ったところで駿《しゅん》くんが声を掛けてきて、おー！　と手を上げ、ラブドリを聴いていたイヤホンを外す。

「帰り？」

「帰りー。コンビニ寄るー」

「じゃ俺もー」

「てかマスク」

「外でくらい好きにさせろよー」

一緒にコンビニ入って、私はじゃがりこ、駿くんはコーラを買う。イーイーはレジをしながら「今日ゲリラファームやる？」と聞いてきて、私と駿くんは「やるー」と声を合わせる。最近私の布教とゲリラファームが日本語対応になったおかげで、近所の友達にゲリラファーマーが増え、いつも大体三、四人、多い時は六人くらいでプレイしている。女の子はあんまりゲーム好きな子がいなくてほとんどが男子だけど、駿くんはその中でもかなりレベルを上げていた。私よりずっと後に始めたのに、立派なコンバイン使いになってあっという間に私を追い抜いた。私は九時に時間制限でスマホが使えなくなってしまうけど、駿くんをはじめ男子たちは時間制限が緩かったり、ない子すらいるからだ。全くどうしてスマホの時間制限なんてあるんだろうと思うけど、実際明日から時間制限ありませんってなったら、私を支えている手すりとかガードレールみたいなものがなくなって、どこまでも転がり落ちてしまいそうな気もする。

「じゃ八時前くらいに招集するよ」

イーイーの言葉にオッケーと答え、私たちはコンビニを出て神社の階段に座ってじゃがりことコーラを分け合う。

「あー外の匂い嗅ぐの久しぶり」

「玲奈ってそんなずっとマスクつけてんの？」

「つけてるよ。てか駿くんそんなつけてないの？」

「外歩く時は結構外してるよ。別に話さねえし」

「ふうん。あ、ねえ駿くん彼女とかいるの？」

「は？　何それ」

「共学じゃん」

「は？　いねえし。共学そんな恋愛に満ちてねえし。女子校男子校通ってる奴の幻想だよ」

「なんかこの間ミナミが告られたんだって。やっぱ共学って違うわーと思って」

「ふうん。それってあれか、転校したって子か。てか玲奈恋愛したいの？」

「や、別に。私はゲザンくん尊んでる方が幸せだし」

「まーそうだろうな。俺も普通にゲームとかやってる方が現実逃避になるし楽なんだよなー。女ってめんどそうじゃん」

「男はめんどくないの？」

「男はめんどくないよ」

それは人によるんじゃないかなと思ったし、こんなセリフをママとかが聞いたら小一時間なぜ男や女を主語にしてはいけないのか指南が始まりそうだとも思ったけど黙っておく。

「てか現実逃避て」

「今大変なんよ」

「急な関西弁」

「うち飲食じゃん？　コロナでめちゃくちゃでさ。これを乗り切れば、を何回も続けていいかげん潰れそう」

「え、潰れるって、お店が潰れるってこと？」

「ヤバいかもね。親も荒れてて家が地獄よ」

「え、大丈夫なの？」

「何が？」

「何って……駿くんが」

「俺は大丈夫よ。うざって思うけど、別に親に期待してねえし」

そもそも親に期待するものなのか、期待しないものなのか、自分は親に期待しているのかいないのか、そんなことを考えたこともなかった私は、途端に自分が同年代の中でもかなり精神年齢が低いのかもしれないという突如浮上した可能性に胸がざわざわしてくる。

「お母さんとお父さん、喧嘩してたりとかするの？」

「ほぼ毎日だよ」

「そっか。うちも毎日喧嘩してた時があって。家の中がめちゃくちゃで、私はなんか、うわーって悲しくなる時と、もう仕方ないから受験勉強しよ、って時との繰り返しで、でもそれがあったから受験合格したのかもって思わなくもないんだ」

「玲奈ってポジティブだよなー。てか、今は家大丈夫なの？」

「今は大丈夫。なんかちょっと変な人たちだから、変な形で落ち着いてる」

「変な形って？」

ママが不倫しててパパは不倫を容認してて、ママは週に二、三回彼氏のところに泊まってくる生活で、まあそれは親の人生だし文句はないけど何となくそれでいいのかなとかやっぱちょっと複雑だなって思うけどまあ家庭としては一応回ってるかなって形？　と思うけどそんなこと言えるわけもなくて、うーんまあ変だけどうまくいってる形、と答えになってない答えを口にする。

「冗談っぽくだけど、お前がいなきゃ楽なのにって、母親にしょっちゅう言われるんだよ。俺がいるのあいつらのせいなのにな」

そんなことを言う親がいること、親をあいつらと呼ぶそれなりに仲のいい友達に静かにショックを受けて、私は何も言えなくなる。

「ショック受けんなよ。なんかそんなの、俺がショックじゃん」

「ごめん」

ごめんも違うと思いながら、ごめんとしか言えなかった。こんな時、人生のいいところも悪いところも知ってそうなセイラだったら、人生経験豊富なイーイーだったら、斜に構えたママだったらなんて言うんだろう。

「うわだる」

駿くんは言いながら、私の目元を覆うように手をかざした。涙ぐんでいたのかもしれない。怒らせちゃっただろうかと思ったけど、ごめんともう一回言うと、別にと言って駿くんはコーラを差し出した。気を逸らすために勢いよく飲んだら炭酸がキツくて逆に涙が出た。

「学費払えなくなったら学校辞めてもらうかもって言われたし、なんか学校とか勉強のモチベも上がんねえんだよな。大学までエスカレーターだからもう二度と受験しなくていいんだぞって言われたから無茶苦茶がんばって受験したのにさ」

ミナミも、お父さんがリストラされたから転校しなきゃいけなくなったんだった。そういえば、緊急事態宣言のせいで映画館が休業になるかもしれないと、ママがこの間嘆いていた。私だって両親の仕事がどうにかなれば、学校を辞めなきゃいけなくなるかもしれないんだ。そう思うと、私たち子供って超不安定なものの上に自分の生活が預けられてるんだなと改めて思う。小学生の頃、塾の請求書を渡すたびなんとなく不安で、うちってどれくらい貯金あるの？　私の受験のためにこんなに払って大丈夫なの？　とママに聞いたことがあった。幾らお金があっても不安な人は不安だし、お金がなくても平気な人は平気だから、幾ら貯金があるかよりも、自分がなぜお金がなくなることを不安に思ってしまうのかということについて考えた方がいい、その問いに向き合う力がないのなら、向き合う力を身につけるために塾でしっかり勉強したらいい。とママは真面目な顔で答えた。いっぱいあったら少し安心するかもしれないじゃんと反論すると、幾らあったら安心するの？と聞かれて口を噤《つぐ》んだ。百万かな？　安心するには少ないかな？　パパもママも働いてるし一千万くらい持ってるのかな。でもママとパパは一緒にお金を貯めてるのかな？　別々なのかな？　ママの方がたくさん仕事をしてるしたくさん稼いでるっぽいけど、ママが早死にしちゃったらパパは私の学費を稼げるんだろうか。やっぱり一億くらいないと安心はできないのかな。なんて考えてる内に、ママはコンロに向かって料理を始めてしまった。あれから四年くらい経ったけど、未だに私は家に幾らの貯金があったら安心できるのか分からない。

「私にできること、何かない？」

「ま、ゲームやろうぜ」

そうだねゲームやろうとじゃがりこの箱を差し出すと、駿くんは箱を覗《のぞ》き、折れて底に残っていたじゃがりこをざっと口に流し込んだ。

あのね今年から担当になったネイティブの英語の先生がめっちゃおもろい人でね、このあいだユイって子がテストでめっちゃいい点とってて私それ覗き込んで「頭よ！」って声上げたら、先生「What is 頭 Yo !?」「頭 Yo ってなに Yo !?」ってすごい変な顔で韻踏みながら聞いてきて、違う違う頭よ！　だよ！　よ！　って皆でゲラゲラ笑いながら言ったんだけど「頭 Yo ?」って全然分かってくれなくて……二人で帰り道を歩きながらそんな話をして、笑いが止まらなくなってお腹を押さえて涙目になっていると、背の高い駿くんに呆れた感じで笑われた。小学校高学年の頃は私が見下ろしてたのに、忘れもしない中一の冬休みに地元の友達らと公園で背比べをしてたらいつの間にか追い抜かされてたことが判明。それから一年も経たない内に私と駿くんの身長差は十センチを超えた。私だって四センチくらい伸びてたわけだから、駿くんは一年で十四センチくらい伸びたってことかと気づいてなんか気持ち悪くなった。なんか練り消しみたいなものでできてる駿くんがニョッと伸ばされたみたいで、小学校の頃のイメージが残ってるから余計に変な感じだ。男女の身長差はなんか萌《も》えみたいに言われることがあるけど、私にとってはただの無情なホルモンの結果だ。男の方が背が高いってどんな設定よ？　って思うけどグーグル先生に聞いたところ二十一世紀に於いても男女の間には平均十三センチの差があるというのだから、このバグは少なくとも私が生きている間は改善されないんだろう。

キッチンにいるママの様子で、今日はママが出かけない日だと分かる。これから出かけるという時にお弁当と夕飯を作っているママは、もっと戦っているように見えるのだ。会社には好きな時間に行って好きな時間に帰っていいみたいだし、最近は在宅で仕事をしていることも多いけど、それでも仕事後に夕飯とお弁当を作ってからデートしに行くんだから、忙しくなるのは当然だ。


「おかえり。今日焼き菓子もらったよ」

「帰りじゃがりこ食べてきたからいいや」

「じゃがりこで足りるの？　一個くらい食べたら？」

テーブルの上の箱を開けるとフィナンシェとかマドレーヌとかクッキーとかが個包装で詰められていて、ほとんど無意識にフィナンシェの封を切っていた。今日のご飯なにー？と聞くと、ポテトフライと唐揚げ、と言われてテンションが上がる。

「まじアガる。え、何時頃にできる？」

「七時半、よりちょっと遅くなるかなあ」

「えー私八時からゲームする約束なんだけど」

フィナンシェのあまりの美味しさにやば……と呟いたけど、ママは黙ったままだった。沈黙の圧ってまじで怖い、と頭の中で考えることで恐怖を紛らわそうとするけどうまくいかなくてママをチラチラ見やる。

「まあ八時過ぎてもいいけど……」

「八時に食べ終えていたいなら、インスタントラーメンでも作って食べたら？　唐揚げはお弁当に入れてあげるから」

優しげな表情と声でママは無慈悲なことを言う。ママはご飯関係のことで文句を言うとガチで機嫌が悪くなる。前、カレーときんぴらとサラダが出た日、パパがカレーの人参を残した上きんぴらにもサラダにも箸を伸ばさず、「俺も玲奈も人参が好きじゃないし、もう人参は料理に入れなくてもいいんじゃないかな」とお皿を下げながら言った時、「文句言うならてめえが作れ。毎日な」と静かな口調でキレたことがあった。多分あそこでママがキレなかったら、パパは「あと野菜だけのサラダも俺は食べないよ」と続けていたであろうことを私は知っている。それを言うと必ずキレられるのに、パパは記憶力が悪いから人参と生野菜サラダのくだりを一年か二年に一度口にしてはキレられ、「そんな怒ることないのに……ただの提案だよ」とリスみたいにビビるのを繰り返している。でもまあ、十代の記憶力を持った私でさえこうしてたまにママを怒らせてしまうのだから人のことは言えない。

「玲奈は先生にゲームの約束があるから授業早く終わらせてって言う？」

「……言わないよ。でもそれとこれとは違くない？　ほら授業って何時から何時までって元々決まってるし」

「奏斗《かなと》も玲奈もご飯を作る人に敬意が足りないね。人が与えてくれるものを当然のように享受してさらに早く飯を出せとつけ上がるなんて、いつからそんなに傲慢な人間になったんだろう」

「ごめんて！　ママの作るご飯まじ好きだし、まじお弁当も毎日ありがとう。ワカナとかセリカとか、お弁当のためだけにパスタとか焼きそばとか作ってくれんのまじ神じゃんていつも私のお弁当褒め称えてるよ」

ママの背中に満足そうな雰囲気を感じ取ると、駿くんにあげると渡されたコーラを取り出して飲み干す。そう言えば小学校の卒業式の日、駿くんの両親がやってる定食屋、はま屋で皆でご飯を食べたんだった。テーブルにコーラとオレンジジュースの瓶をどんと出し、皆好きなもの食べてってね、とんかつ美味しいよ、エビフライも美味しいよとメニューを見てる私たちにあれこれ勧めてくれたお母さんの笑顔が忘れられない。親なしで、クラスメイト皆で食べる外食は死ぬほど楽しくて、皆異様に興奮していた。配膳を手伝っていた駿くんもどこか誇らしげだったし、俺が一番好きなやつ、と大皿に盛られた唐揚げを出してくれた時、皆から歓声が上がった。完璧な幸せの記憶が、駿くんの話を聞いて崩れてしまったような気がして、大事にしていた花が枯れたような気持ちに、ロクに花を育てたこともないのになった。だとしたら、駿くんは一面の花畑が枯れたような気持ちでいるのかもしれない。

何だかんだで、ママは七時半より前にご飯だよと声を掛けた。唐揚げにポテトフライ、卵とネギの中華スープにレタストマト玉ねぎコーンの生野菜サラダが並ぶ食卓を見て、私のせいで急がせちゃったのかもしれないどうか今日だけはパパが生野菜に文句を言いませんようにと祈りながらいただきますをする。ていうか考えてみたら、結婚相手に生野菜だけのサラダは食べないと宣言するなんてあまりにも子供っぽ過ぎないか？　生ハムとかサーモンとか、カリカリベーコンとか載ってないと僕は野菜なんて食べないよ！　って？　私はなぜか唐突にそんなわがままを普通に口にするパパが信じられなくなる。出されたもの食えよ、と中学に上がってからお弁当に何を入れられても人参以外はほぼ食べ切ってきたという自負の下《もと》に呆れる。

　大人って意外と大人じゃなくない？　最近そんな風に思うことが増えた。それでそう思うと、じゃあ何で大人になれ圧力こんな強いの？　大学の学部を見据えて選択授業を決めなさいとか先生は言うけど、学部とかひいては将来何になりたいかとか何で十四歳の私が考えなきゃいけないの？　まだあと二十年くらい子供でいたいんですけどという本音に突き当たる。パパもこんな気持ちのまま大人になったんだろうか。だから未だに生野菜サラダにプラスαを求めるのだろうか。でもだとしたらやっぱりちゃんと大人にならないとなって気もしてくる。

「そうだ。私今週の日曜朝からいないから」

　ママが唐突に言う。理由は言わない。いつも週二、三で彼氏のところに泊まってくるけど、朝から出るなんて珍しいなと思いながらそうなんだと言うと、俺も日曜常岡さんのイベントがあるから昼から出るよとパパが言う。

「じゃあ奏斗、玲奈のお昼ご飯だけ作っていってくれる？」

　ママの言葉が終わる前に「じゃあじゃあ日曜友達呼んでいい？　皆で勉強会したい！」

と声を上げる。

「友達くる前に玲奈が家の掃除するならいいよ」

「するする。何でもする」

「誰呼ぶの？」

「ヨリヨリとミナミ誘う。もしミナミが来れなかったら他の友達誘うかも、ナツとかパスコとか」

「誰が来るのか決まったら教えて。お昼、何かピザでも予約しておこうか？」

「どうしよっかなー。ちょっと相談する。自分たちで材料買ってきてご飯作ってもいいし」

「怖いな。火つけっ放しとかにしそう。何か取ってあげるよ。ウーバーイーツ頼んで、家の前に置いといてもらうようにしてもいいし」

「大丈夫だよ私何歳だと思ってんの？」

「割と精神年齢の低い十四歳」

パパが笑って、大丈夫だよしっかりしてるよ玲奈はと助け舟を出してくれる。ママはそれを無視して、玄関とリビングの掃除はやるから、洗面所とかトイレは玲奈が掃除してね、と言った。

YouTubeでカラオケを歌って、スマホとテレビを画面共有してTikTokを流してダンスを踊って、ビデオとか写真撮ってきゃっきゃ言いながら戯れあって、一応教科書開いて問題出し合っては皆答えがとんちんかんすぎて大笑いして、唐突にYouTubeの耐久筋トレ動画を見ながらの筋トレ大会が始まって私が圧倒的勝利を収めて気持ち悪がられ、三人でコンビニで買い込んできたお菓子をわんさかテーブルに広げて好き放題食べていく。流行りの韓流アイドルの曲を流してダンスの練習をして疲れ果ててソファに倒れ込むと、私の膝の上にヨリヨリが倒れ込んできた。

「死ぬほど楽しい！　ほんと親のいない家って最高！」

ヨリヨリの言葉にそれなと答えると、頑なにそれなという言葉を口にしないミナミもほんと楽しい、と最大限の喜びを表明した。中学生の集まる家にいたくないからと、結局パパも二人が来る前に家を出て行った。圧倒的自由だった。毎日毎日電車で一時間弱かけて学校に通って勉強部活をこなし一時間弱かけて学校から帰ってご飯食べて、宿題があれば宿題やらなきゃだしテストが控えてればテスト勉強しなきゃだし、身嗜《みだしな》み的なお風呂とかドライヤーとか無駄毛シェーバーとか前髪カールつけたりたまにパックしたりして、そんなこんなでまだ起きてるのって遊んでるわけでもないのに苦言を呈されて寝ては鬼眠の中で学校に行かなきゃいけない日々の中で、休日に友達と遊ぶ時間だけが天国だ。

「あーねー、お母さんがピザ取ろうかってＬＩＮＥしてきたんだけどお昼ご飯どうする？」

「お菓子食べ過ぎてそんなお腹空いてない説」

「確かにね、結構食べちゃったから、私もまだそんなにって感じかな。一応私お母さんからお昼ご飯代もらってきたんだけど」

「あ、うちもー。ピザとか取ってもらうかもって言ったら二千円持たされた」

ちょっとまだお腹空いてないからまだいいや。ＬＩＮＥでそう入れると、即座に「私はこれから三時間連絡つかなくなるよ。頼むなら今だよ。自分でアプリとかからネット注文してももちろんいいけど」と返ってきた。三時間連絡つかなくなるってどういうこと？　仕事？　彼氏と三時間も連絡取れないくらい大切なことすんの？　と考えつつ「おけ」と返信する。

　ミナミの告られ話から、私たちはだらだらと恋バナをして、三人それぞれ韓流ドラマの好きなシーンを一つ選んで誰のが一番エモいか選手権をして、その様子をインスタライブで流したら学校の友達の何人かが「めっちゃエモい！」「エモすぎるて！」ってコメントしてきたから友達と繋いでライブルーム配信して、なんかもう笑いすぎて声が嗄《か》れてきたなって頃、ようやく「お腹が空いた」ことに気づいた。

「フライドチキン食いたい」

　ヨリヨリの言葉にそれなだけどこの辺ＫＦＣないしなーと答えた瞬間、駿くんのお店のことを思い出して、近くに唐揚げが美味しい定食屋あるんだけど行く？　と提案する。

「え、定食屋？　最高じゃん！」

「近くにあるの？」

「まあ七分くらい歩く感じ？」

「唐揚げ定食とかあんの？」

「あるある。とんかつとか、なんかチャーハンとかラーメンとかもあった気がする。友達の親がやってるお店で……」

「いいじゃんいこ！　二千円でお金足りるよね？」

「足りる足りる。多分定食とか千円もしなかったと思うよ」

私たちはマスクをつけて外に飛び出す。地元にヨリヨリとミナミがいるのが何だか不思議で、あそこ私の小学校、あそこにでかい公園があるよ、向こうに有名な今川焼きのお店があって……あの向こうにまあまあ小さい百均……と話しながら、なんかめっちゃ大好きな街なのに改めて紹介してみると意外と何にもないんだなと残念な気持ちになる。

お店は二時半ということもあってか私たちの他には一人のおじさんしかいなくて、駿くんのお母さんは珍しそうな目で私たちを見てから好きなとこどうぞ！　とフロアを示す。

「もしかして、駿のお友達だったかしら？」

お冷を出しながら私を覗き込んで聞いたお母さんに、小学校の頃の同級生の、森山《もりやま》と言います、と答える。

「ああやっぱり。こんな若い子たちが来るの珍しいからびっくりしちゃった。ゆっくりしてってね」

よそ行き顔の私を、ヨリヨリとミナミがニヤニヤしながら見ていてやめてよと小声で言う。ヨリヨリはとんかつ定食、ミナミがチャーハン、私は牛カルビ定食にした。うわ映えるー、えっちょっと一口ちょうだい、私もかつ食べたい、やっぱかつ最高、え、チャーハンも一口……えチャーハンもバリうま……、ほんとおいしい！　ヤバない？　牛ヤバい！牛ガチ牛！　と騒いでいると、駿くんのお母さんが「これもどうぞ」と山盛りの唐揚げを出してくれて私たちはポカンとする。

「サービス！」

親指を立てるお母さんに三人で「ありがとうございます！」と声を上げた。なんか駿くんの話を聞くと、お母さんひどいとか、学校辞めさせるなんてあり得ないとか悲しみが募ったけど、何だかんだ実際いいお母さんなんだろうなとほっとした。世の全てを冷笑するためにこの世に生を亨《う》けたかのような私のママなんかより、友達の話とか今日学校であった面白い話とか、部活の話とかで盛り上がれそうだ。結局のところだから、私たちは無い物ねだりで、自分が持ってない両親やきょうだいや友達や物やルックスとか性格までをも欲しがってしまうのだ。フィーリングで絶対牛カルビって思ったけど、やっぱりとんかつを目の前にしたら食べたいのは当たり前だし、チャーハンと中華スープのセットだって目の当たりにすれば一口はもらいたくなるよねってことだ。

絶対食べきれないよね、私たちさすがにもう中三だし食べる量も落ちてきたしね……と残してしまう心配ばかりしていたけれど、なんだかんだで腹十二分目くらいまで食べすぎたかなくらいのところで普通に食べ切った。

家に帰った後の私たちは、メイク動画を見ながら互いにメイクし合ったり、ちょっとまじでやらないととなって宿題を真面目にやったりして、夕方五時半には二人を駅前まで送った。

「まじ今日秒だったな」

一日の狩りの成果に満足げだけれど疲労を隠せないオランウータンのようにヨリヨリはそう言って、今日まじ一秒だった、と私も同調する。私たちの背中は狩り後の雄オランウータンのように見えるだろうと、オランウータンが狩りをする動物なのかどうかも分からないけどそう思う。

「一応ざっと片付けたけど、洗い物とかいっぱい出しちゃったし、散らかしてすみませんでしたってお母さんに謝っておいてね」

やっぱりミナミは大人だなあと思いながらうちはパパが洗い物する係だから大丈夫、と断言しながら、何でママの仕事を増やすのは申し訳なく感じるのに、パパの仕事を増やすのは申し訳なく思わないんだろうと不思議に思う。二人とも働いているし、ママが料理作りリビングや共用部の掃除、パパが食器洗い洗濯ゴミ捨て、という具合に二人ともそれなりに家事をしているのに、何となくママの方に気を使ってしまうのは、仕事上も、私の学校とか生活に関しても責任が重そうに見えるからだろうか。結局パパは仕事も釣りとか読書とかの趣味も遊びっぽいというか、そもそも人生そのものが遊びって感じだ。でもママは仕事も私の世話をするのもご飯作りも家事も、趣味の音楽とか読書とかも全部真剣に向き合ってるように見える。それこそそれがないと死んでしまうと言わんばかりに、真剣なのだ。そしてもしかしたら、ママにとって不倫もないと死んでしまうものの一つなのかもしれない。勝手にそんな想像をして、勝手に嫌な気分になった。

今から帰るけど夕飯なに食べたいとLINEで聞かれ、「ペペロンチーノかな」「ていうかペペロンチーノ以外は入る気がしない」「ペペロンチーノであってもちょっと遅めにしてくれない？」と返信していたため、夕飯は八時半、「私も遅めのお昼でひつまぶし食べちゃって……」と言うママによってキャベツとベーコンのシンプルなペペロンチーノとチキンの載ったシーザーサラダが出された。

「玲奈今日インスタライブやってたでしょ」

「てかママ見ないでよ。ガチ恥ずいんだけど」

「恥ずかしいなら配信しなきゃいいでしょ。前にも言ったけど、自分がネットに投稿したことは玲奈が生きてる間全て永遠に残るんだよ。今の時代、十年前、二十年前の自分の失言で失脚する人だっているっていうのに、自分の未来に対してせっせと地雷を埋め続ける意味が分からない」

「大丈夫だよ承認した友達しか見れないもん」

「インスタの配信動画を録画する手段なんていくらでもある。玲奈が例えば人種やLGBTQの差別問題、ジェンダー問題に関して無自覚な言葉を口にしたとして、それが六、七年後、玲奈が就職活動をする時拡散されていたら、玲奈は就職先を永遠に失うかもしれないんだよ」

「大丈夫だよなんか足が臭いとかヨスガくん尊いとかそんなことしか話してないし」

「人は変わっていく生き物だよ。今玲奈がこれが正しいと思ってることは、一年後にはどうしてそんなことを正しいと思っていたのか分からなくなってるかもしれない。人は常に今の自分を否定し続けアップデートし続けていく生き物だよ。逆に言えば、常に自分を疑い続け、理想を追求し続けられる存在とも言えるわけだけど、人間には一貫性があると思い込んでる人が一定数いるこの社会では、過去の発言や行動を覆しようのない証拠として押さえられ、リンチされる可能性を極力軽減した方がいいに決まってる」

だんだんママが何を言ってるのか分からなくなってきて、単調にタンバリンを叩き続ける猿のおもちゃみたいに皿と口の間に素早くフォークを行ったり来たりさせるだけのパパに「どうしよう」と目で訴えようとするものの、パパは完全に目が死んでいる。

「ひつまぶしって、どこで食べたの？」

少し沈黙が続いた後、ようやくパパが息を吹き返したかのように口を開いたと思ったら、ママが不倫相手と会ってたであろうことに勘づいているだろうに無神経にも今日のご飯処の場所を聞いた！　居心地が悪くなって、私は残そうと思って皿の脇によけていたキャベツの芯部分にフォークを刺して無理やり嚙《か》み砕く。

「渋谷のなかなかまどってお店。今日イメージフォーラムで映画観て、帰りに寄ったの」

何だかそのまま普通に彼氏の話をし始めそうで、私は芯に目を白黒させながら「あーだから三時間連絡取れないって言ったの？　三時間もある映画だったの？」と後から思うと少し大きかったかなと思う声で聞いた。

「うん。ソ連時代を描いたロシア映画で、暴力的だし、性的なシーンもあるから玲奈には早いと思うけど、史実に基づいて作られてるから勉強にもなるし、当時の街や人の再現度が高いって評価されてるし、もし観たいなら配信始まったら買ってあげるけど」

そんな映画観たいわけないじゃんと思ったけど、パパはなんか興味を持ったみたいで、それって谷中さんがTwitterに書いてたやつ？　いつまでやってるの？　あれ何部作なんだっけ？　と色々聞く。話題は少しずつひつまぶしの方に傾いていって、この間神田の老舗《しにせ》うなぎ屋行ったら隣のテーブルをずっと小さなゴキブリがウロチョロしてて、という話をパパが顔を歪めながら話し始めたところでごちそうさまと呟きお皿を重ねて立ち上がった。

何なんだろうあの感じ。ママとパパのあの普通な感じを目にすると、ももやもやする。もちろんママが不倫を始めた頃の、毎日喧嘩してた頃に戻って欲しいなんて思わない。あれは地獄だった。でも不倫が日常にある生活だってある意味地獄で、それでいてなんか二人ともそれはそれで納得してる、感が嫌だ。それはなんか、私のためにこの家庭を成り立たせようと二人がそれぞれ我慢している気がするからかもしれない。私がいなかったらもうとっくに別れてたのかなと、ママとパパが和やかな雰囲気で話しているところを見るとたまに思うのだ。はーとため息を声に出してベッドに倒れ込むとスマホを手に取り溜まっていたＬＩＮＥを開く。ヨリヨリとミナミのグループ、学校のイツメングループが活発だけど、駿くんから個チャが入っていて、ゲリラファームの誘いかなと思いながらタップして固まる。

「今日うちの店きただろ」「やめてくんないそういうの」「施しみたいなのまじうざ」は？　何でキレられなきゃいけないの？　は？　と思いながらちょっと不安で施しをググって意味を確認した途端どっと怒りの熱が湧く。どうしてこんなこと言われなきゃいけないの。私が同情心でお店に行ったと思ってキレてるってこと？　何でそんな誤解されなきゃいけないわけ？　もしかしてと思って通知を調べるとYORIRIが投稿しましたと入っていて、慌ててタップする。ヨリヨリのインスタにはとんかつ定食と唐揚げの画像が上がっていて、#まじうま #RE-NA と #Mimin と #はま屋。とハッシュタグがつけられていた。慌ててヨリヨリのアカウントを見にいくと、やっぱりヨリヨリのフォロワーに駿くんがいた。めっちゃ笑いのセンスある子がいてまじ毎回ストーリーがおもろいから見てみて！　と以前駿くんにヨリヨリのアカウントを教えてフォロー申請を出させていたのだ。もしかしたらただ単に、お母さんから森山さんて子が来たよと聞いたのかもしれない。でもだとしたらそんな怒る？　なんか私が友達使ってステマみたいなことしてると思ったから、こんなに怒ってるんじゃないだろうか。

「ちょっとまって誤解」「今日学校の友達と食べに行ったのは本当だけど」「ママがいないからピザとるみたいな話になって、でもヨリヨリがフライドチキン食べたいって言うから」「唐揚げ美味しいお店があるよって連れてっただけだよ」「私はま屋のご飯好きだし、めっちゃ美味しかったし」「写真撮ってたけどアップするなんて思ってなかったし、施しとかまじそんなこと一ミリも考えてないんだけど」

連投すると、すぐに既読がついた。でも駿くんはなかなか返信を送ってこない。こんな奴だったっけと、この間神社で話した時も思った。こんななんか、ちょっと掴《つか》めないなって感じの奴だったっけ？　って。成長の過程で少しずつ複雑になりつつあるってことなのか、それとも両親との関係が揺れていることによる複雑さなのかよく分からないけど、なんかこの間まで普通にきょうだいみたいに感じてた人が、ものすごく遠くにいる人のように感じるこの瞬間は、取り残された感と、もうあのきょうだい感は持てないんだろうなという予想で胸が苦しくなることを私は初めて知った。

「はま屋の唐揚げめっちゃ美味しいじゃん。だから仲のいい友達に食べさせてあげたくて」

気持ちを伝えたくてもう一度送るけど、やっぱり返信はこない。

「話聞いてよ」そう入れると、「別に無視してねえよ」と入ってきた。

「玲奈うちの店卒業式の日から一度だって来たか？　コロナで大変だって俺から聞いたから、行ってやろうって気になったんだろ？　それって施しじゃん。友達から施しって、そんなん最悪だし、バカにしてんじゃん」

分かってもらえない。この人に、私の気持ちは分かってもらえない。確かに私は卒業式の日から丸二年くらい一度もあの店には行かなかった。確かにちょっと、中学生にはハードルが高いお店だ。大人、少なくとも大学生くらいが行くお店って感じがする。でもこの間駿くんと話したこと、それで卒業式の日のことを思い出したこと、それでたまたまこの二人となら入りやすいかもと思える友達が遊びに来て、二人をもてなしたいって気持ちもあったし、私の地元いいお店あるんだよってことを教えたくもあって、いろんなそういう積み重ねの中ではま屋に連れて行っただけなんだ。それは決して施しとか同情とかそういう気持ちからの行動じゃないと思ったけど、でも本当にそうなんだろうかって私は不安になっていく。どこかで、私たちが食べることで少しでも足しになればと思っていた節はあったかもしれない。だから、サービスで唐揚げを出された時、何だか悪いことをしてしまったような気もした。でもそうやって善意で何かの足しになればって思うことがそんなに責められること？　駿くんは自分が親と関係がうまくいってないから、その怒りを私にぶつけてるんじゃないだろうか。でも自分はすごく浅はかなことをして友達を傷つけてしまったのかもしれないと疑い始めた時から、腕がムヒを塗ったみたいに冷たくなった。どうしよう。私は途方に暮れて、文字を打っては消し打っては消しをする。メモに入力してちゃんと見返しつつ書いてからコピペしようと思ってＬＩＮＥを落とした瞬間、九時を過ぎてしまったことに気づいて慌てて部屋を出る。

「ママー！　ＬＩＮＥのスクリーンタイム許可して！」

「許可してって言われて許可したらスクリーンタイムの意味がない」

リビングのテーブルでパソコンに向き合っていたママは私を一瞥《いちべつ》してパソコンに視線を戻してから言った。

「違うの友達とちょっと誤解があって、何て言うか、何があったのか伝えなきゃいけなくて。誤解なの。説明しないといけないの。今やりとり止まったらちょっとヤバいの。ほんとに今日だけお願い」

最初は「で？」みたいな顔をしてたママだったけど、私の様子から緊急性を感じ取ってくれたのか、十五分だけねと許可してくれた。ヤバい十五分で私の気持ちを伝えなきゃと思うと、自分の打つ文字からどんどん魂が抜けていく気がした。魂が抜けた私の言葉は、何も伝えてくれないだろうと分かった。何を言っても言い訳みたいで、理屈っぽくて、ただ許してもらうためだけの言葉のようになってしまう。頭が混乱してきて、悶々《もんもん》としながらスマホを覗き込んでいた私は風船が割れるみたいにして立ち上がる。

「私ちょっと出かけてくる」

「今何時だか分かってる？」

「ごめん十分か二十分、ちょっと友達に説明しないといけないことがあって……」

「誰？」

「駿くん」

「九時半をすぎるなら一度電話して。電話がなかったら駿くんの家まで行くから。そこで玲奈を見つけられなかったら警察に行くから」

分かったと言いながら家を飛び出す。マンションの地下まで降りて、普段は乗らない自転車に乗る。地下の駐輪場は異様に白い蛍光灯に照らされてて何となく不穏で普段は足を踏み入れたくないのだけど、そんなこと言ってられなかった。全速力で自転車を漕いではま屋がある商店街まで行くと、緊急事態宣言が出てるせいか人通りはまばらで、ジャージを羽織ってきたけど肌寒くて腕に鳥肌が立っているのが分かった。はま屋の看板の前で自転車を降りて駿くんに電話を掛けるけど出ない。ヤバいＬＩＮＥの使用時間切れちゃうと思って慌てて「家の前まで来たからちょっと出てきて。ちゃんと話したい」とメッセージを入れるけど既読がつかない。お店の裏側に行けばピンポンできるんだろうけど、なんかそんなことをしたら両親もびっくりするだろうし、ちょっと大袈裟かなと悩んでいると、「ちょっと話したくない」と入ってきて私は絶望する。ちょっとってなに？　何でそんなふわっと拒絶するの？　私たちどっちかが、あるいは二人とも、明日には死んじゃうかもしれないのに、どうして今私が伝えたいことを受け取ろうと思ってくれないの？　でも考えてみれば突然押しかけて伝えたい！　って喚《わめ》く私の方が横暴なの？

「突然来てごめん。でも言葉で伝えるの難しくて、話したかった。そんなつもりじゃなかったってちゃんと伝えたかったし、でも駿くんのこと傷つけちゃったこと怒らせちゃったことは謝りたいし、色んな気持ちがいっぱい湧いてきて、だから会わないとちゃんと伝えられない気がして」

メモにそこまで打ったところで、ＬＩＮＥの使用時間がもう過ぎてしまったことに気づく。仕方ないから、最後に「話聞いてもいいよってなったらLINEして」と付け足して、SMSで送信した。もしかしたら思い直して駿くんが出てくるかもと思ってしばらくそこに立ち尽くしていたけど、ヤバい九時半過ぎたらママが発狂すると思い出して、仕方なく自転車に乗ってゆっくりとペダルを漕いで家に向かう。今日のお昼はあんなに満ち足りた気分でヨリヨリとミナミと歩いてた道が、今は邪悪でおぞましい道になってしまったその変化に驚く。ガチ無力と思ったし、自転車置き場の入り口でゴキブリを見つけて飛び上がった拍子に自転車を倒し、パニックを起こしたゴキブリがすごい勢いでバカになったミニ四駆みたいな動きをするから私もパニックを起こして暴漢に遭ったみたいな悲鳴を上げてしまった。今日の教訓は、もし本当に暴漢に遭った時悲鳴を上げても誰も助けに来てくれないということだ。

「ただいま」

「おかえり。駿くんに会えた？」

「会えなかったしゴキブリに会った」

最悪だね、と呟くと、カモミールティーでも飲む？　とママは聞いて、私は力なく頷いた。

「話聞こうか？」

「細かいことは話したくない。でも、私が良かれと思ったっていうか、普通にまあこのくらいって思ってしたことが、駿くんを怒らせた。私はそんなつもりじゃなかったって説明したいし謝りたいんだけど、駿くんは話したくないって」

「要約がうまくなったね。いつも時系列とか、主語と述語をぐちゃぐちゃに話すから大体玲奈の話はよく分からなかったけど、今の話はすごく分かりやすく、いい長さに纏《まと》まってた」

お門違いな褒め言葉をもらっても、怒りも喜びも湧かない。世界が灰色に見える。こんな沈んだ気持ちのまま、私はこれから生きていかなきゃいけないんだろうか。

「人の考え方、価値観、生き方はそれぞれ違う。だから人が良かれと思ってしたことが相手を苦しめたり、傷つけたりするのはよくあることだよ。玲奈が思ってるよりも人と人とは違うし、人と人とは理解し合えない。まずはその前提に立たないとね」

ママの淹れたカモミールティーは、Happy Birthday REINA! というメッセージがプリントされたマグカップで出された。去年、仲の良い友達らが皆でお金を出し合ってプレゼントしてくれたものだ。食器洗い担当のパパがしょっちゅうお皿を割るから、もらった時から割られるのが怖くて使う時は必ず自分で洗うようにしている。でも自分で洗うのが面倒くさくて、最近は使うのを半無意識的に避けたことに気がついて、本当に私は怠惰で最低な人間だとさらに落ち込む。

私の正義感は、駿くんを傷つけたんだろうか。いやそんな、世のため人のためなんて気持ちでお店に行ったわけじゃない。お腹空いてたし、近いし、久しぶりに外食したかったし、ヨリヨリとミナミと楽しい時間を過ごしたかった。それで、その中の理由に少しだけ、募金箱にお金を入れるみたいな気持ちもあったのかもしれない。でもそれが駿くんが傷ついた、怒った理由なんだろうか。だとしたら、私はこのマグカップをくれた子達とか、ヨリヨリやミナミのことも、気づかない内に傷つけたことがあるのかもしれない。例えばこの間セイラに文芸部って何が面白いの的なことを聞いたけど、そんな意図はなかったとはいえ向こうはサゲられたと感じたかもしれないし、ディスりと思われても仕方ない発言だったかもしれない。それに最近は自粛してたけど、いかにも大人しめな子たちに声を掛けたりあれこれ誘ってきたのも、本人たちからしたら通り魔に遭ったような気持ちだったのかもしれない。これまで無自覚に、自分には見えないナイフで誰かのことを刺してきたのかもしれないと思うと、私は恐ろしくてもう外に出れないような気さえした。人を傷つけたいなんて思ったことはないのに、それでも私は色んな人を傷つけてきたんだろう。

「私この間フェスに行ったんだ」

「知ってる」

「その時ものすごく嫌な女に会ったの」

何だか、嫌な気持ちになった。自分の親とか友達が誰かに敵意や憎しみを露わにする瞬間が、私は怖い。いつも見ているものを裏側から見るような、例えば公園に落ちている大きな石の裏っ側、排水口の裏っ側、電気シェードの裏っ側みたいに、見れば大抵、見なければ良かったという気持ちになる。

「コロナ対策で椅子が設置されてて、公平を期すために席取り禁止ってアナウンスされてたんだけど、ステージの転換でざっと人が動いた瞬間に彼と手分けして席を探しに行って、まあまあいい席取れたから、一席にポカリ置いて、私は隣に座って彼に電話して呼ぼうとしたら、そのポカリをどかして座ろうとする女がいたから、ここ取ってますって言ったら、席取り禁止ですよって言われたの」

「席取りって、一瞬でもダメなの？」

「どこからが席取りでどこからが席取りじゃないのか、明確な基準は発表されてなかったし、彼氏はもうそこから見えるところにいたから、いやそこにいる友達の分なんですけどって言ったら、席取り禁止なんで、ってやっぱりポカリを椅子の下に置くの。いや、トイレに行ってるわけでもなし、そこにいるんですよ？　ってポカリを席に置くと、また席取り禁止なんで、ってポカリを下に置くわけ。そんなこと言ったら、落とし物を取ろうとして一瞬腰を浮かせた人の席を取るとかもアリってことになるじゃないですか、そんなのおかしくないですかって言ったら、席取りは禁止なんです、って彼女はロボットみたいに同じ言葉を繰り返すわけ。話が通じないしここで揉めてたら他の席も埋まっちゃうから別の席に移ったんだけど、私あんなに腹が立ったのは十年ぶりくらいで、そのルール女に対して、コロナ禍でずっと我慢してきたこと、例えばそのフェスでお酒が飲めなくなったこと、喫煙所も人数規制してて長蛇の列でその日一本も吸えてなかったこと、それだけじゃなくてコロナになってから新しいルールと自主規制を押し付け続けてきた政府とか行政、個人に対する怒り、いやそれだけじゃなくて、幼い頃から出会ってきた「ルールなんで」的なことを私に向かって口にしてきた全ての人間、組織、村社会的なものへの怒り、全てが元気玉みたいに膨らんでいくのを感じて、その後三十分くらいずっと頭の中で、コンビニのレジ袋の中に大きい石を入れてブンブン振り回してその女の頭を打ち付け続ける想像が止まらなかった」

「え、こわ……」

「あんなに人を殺したいほど憎いと思うのは久しぶりで、ああ衝動的な殺人事件とかって、こんな感じで起こるんだなって思った。散々怒りに翻弄された挙句、私は席取りの恨みで人への殺意を抱くほど好きなバンドがいるっていうこの世を呪いたくなった。ここまで譲れないもの、譲りたくないものがあるから、こんな強烈なマイナス感情が生まれるんだと思ったら、玲奈という我が子も含め大切なものがあることが辛くなったし、ルール女は私にとって虫けら同然で、うざくて殺したいもので、でも同じように誰かの我が子である他人を殺していい虫けらとまで思ってしまう自分にその後しばらく激しく苦悩することになった。それはこれまで自分が積み上げてきたすべての価値観、モラルをことごとくご破算にするものだった。ソクラテスから端を発した偉大な哲学者や思想家たちが積み上げ続け、その一端を享受しながら私たち各々が少しずつ身につけてきた倫理が、瞬間的な怒り一つで無効化されてしまうという事実に、個人の脆弱《ぜいじやく》さ、人一人の可能性の小ささに、私は言葉をなくしたと言える」

「でもママは実際にその人を殺したわけじゃないじゃん。そこで実際にやってしまうのと、思いとどまって自分を省みるのは全然違うよ」

「もちろんそれは全然違うよ。でも私はこんな女死んで当然だ、死んだ方が社会のためだって思いながら、頭の中で何度もその女を殺した。つまり私は自分の正義を盾にして、邪魔な奴らの死を強烈に願ったんだよ。邪魔な奴らの死を望むっていうことがどういうことか分かる？　全ての人は、悪いことをしなくても生きていれば必ず誰かの邪魔になるんだよ？」

「ちょっと待って。ママは何が言いたいの。私どうしてこんな苦しくて辛い話聞かされてるの？　なんか怖いよ。自分が普通に正しいと思った生き方をしてるだけで、人から殺したいと思われたり、自分が殺したいと思ったりすることがあるって話だよね？」

「つまり、世界は理解し合えない人、話し合っても無駄な人で満ちているっていうこと。そういう人たちの隣人として生きていくことの難しさに、私はこの年になっても定期的に直面して苦しんでる。物理的にも精神的にも独立していく年頃の玲奈が、友達らとそういう差異によって思い悩むのは当然だし、その差異を最大限の想像力を持ってやり過ごすなり、越えるなりしていかなければならないってことを伝えたいんだよ」

「そんなこと言われたってどうしたらいいのか分かんないよ。私はただ皆幸せだったらいいなって、皆に幸せでいて欲しいし、自分も幸せでいたいし、そのためにできることをしたいって思ってるだけだよ。私のしたことが、どうしてそんなに駿くんを苦しめたのか、私には分かんないいんだよ」

「分からないなら想像しな。自分が共感できない人ほど、思いやりな。私は誰よりも、あの強烈な殺意を持ったルール女ほど思いやらなければならないっていう結論に達して、自分の脆弱な倫理を一から構築し直していく道を選んだよ」

黙り込んで、カモミールティーを覗き込む。巨大な迷路に投げ込まれたみたいだった。きっとどんなに考えても想像しても答えは出ないし、正解はないのだ。そういうお題が私はもともと苦手なのだ。国語なんかでも、この時の主人公の気持ちはどうだったこうだったの問いがあるけど、そんなの分かるわけないじゃんだって私この人じゃないし。私だったらどう思うかだったら分かるよ、でも人のことなんて分かんないじゃんどうしてこんな問題が存在するのか意味が分かんない、ってずっとどこか投げ出していた。もちろん、人のことは全然分かんないなんて言わない。でも自分の延長線上でしか考えられないよねって思う。この目の前にいるママのことだって、私はよく分からない。思考回路が全く分からない。どうしてそんなどうでもいい小競り合いで殺したいとまで思うのか、さっぱり分からない。席なんて譲り合えばいいじゃん。皆で譲り合いながらフェスを楽しめばいいじゃん。どうしてそんな簡単なことができないんだろう。どうして殺したいとか、虫けらとか、殺したいと思う自分に苦しむとか、そんな奇妙なことになるんだろう。ママの言葉によれば、譲れないものがあると、人は怒りを抱くってことらしい。好きなもの、大切なものがあればあるほど、怒りを抱きやすい。例えばパパが人参入れなくていいと言った時にママが怒るのは、人参を入れることを大切に思ってるから、つまり栄養のあるものを作ることに信念を持ってるから、ってことなんだろう。でも、コンビニとかで「袋いらない!」「ペイペイで!」とか怒鳴ってるおじさんとかは、一体何を大切に思ってあんなに大きな声を出してるんだろう。電車なんかでも、生きてるだけで苛々してる感じのおじさんをよく見る。ああいう人は、生きてるだけで大切なものを奪われてるような気持ちになってるってことなんだろうか。じゃあ駿くんは、何を大切に思ってるんだろう。そして私は、彼が大切にしているものの、何を傷つけてしまったんだろう。やっぱり、自尊心なんだろうか。LINEを見返して考えたいけど、さすがにママはもうLINEの使用許可を出してくれないだろう。

「まあ、思慮深く生きなさい」

ママはそう言って立ち上がると、後ろを通り過ぎる瞬間私の肩に手を置き、「歯磨き忘れないようにね」と言い残して自分の部屋に入った。夕飯がペペロンチーノとサラダだけだったせいかお腹が空いていた。あんなにお腹をいっぱいにして、もう二度とお腹が空くことはないんじゃないかと思っても、お腹は空く。だとしたら、今は会いたくないと思ってる駿くんが、やっぱり話を聞こうと思ってくれることだってあるだろう。そう思うと少しだけ元気が出て、私はキッチンカウンターにあった箱を開けてオレンジフィナンシェと大きなココナッツクッキーに齧《かじ》り付く。二つとも食べてしまうと、少し迷ってからマドレーヌと抹茶フィナンシェを取り出して食べ始めた。

人間の世界ってめんどくさいな。ずっとこの世界で生きてきたはずなのに、今日初めて宇宙船で人間の世界に降り立った宇宙人みたいな気持ちだった。でも皆が私みたいだったら、「恋愛も友情もなくなって、自己愛と自己嫌悪しかなくなる」らしい。確かに、皆が私みたいだったら、ヨリヨリもミナミもセイラもパスコもヒナも、一緒にいてここまで楽しくなかっただろう。駿くんとか、男友達は考え方が違ったり斬新だなって思うことが多くて、なんかちょっと海外に行って文化の違う人たちの考えに触れた時のような気持ちになるから新鮮だし、イーイーは広い視野で物事を見てる感じが解放感を与えてくれるし、ママは私には一切関知できない憂鬱な世界があるってことを教えてくれる。こんな色んな人がいる世界めんどくさいし途方もないって思うけど、まあこの世界から逃げることはできないんだから仕方ない。糖分補給で力の漲《みなぎ》った身体を立ち上がらせ筋トレでもしようかなと思うけど、部屋が汚かったことを思い出してリビングの空きスペースで腕立てを始める。大会ちゃんと開催されるのかな。まあ開催されなかったとしても筋トレをやらない理由にはならないよな。筋トレはした分の答えをくれる、分かりやすいギブアンドテイクがあるから好きだ。

なんだか気分が乗ってきて、部屋からヨガマットを持ってきて腹筋メニューと背筋メニューをこなし、スクワットに入ったところでパパがコップを持ったままリビングに出てきた。パパは不思議そうな目で私を見ながら氷をガラガラコップに入れて、そこにお酒をドボドボ注ぐと黙ったまま出て行った。氷を入れる時はスコップを使えといつもママに注意されているのに、やっぱり今日も手で摑んで入れていた。この二時間の間に私の身に起こったショックな出来事も一切感知せず、動物園のオランウータンでも見るかのような顔でスクワットする私を眺めて通り過ぎてったパパは、もしかしたら一番遠い星に存在している生き物なのかもしれない。

そっか、そんなことがあったのだね。私の話を聞き終えたイーイーは思ったよりもにこやかな表情で頷きながら私の二の腕を手でさすった。相手が誰とは言わないし、こんな話を聞いたって誰にも言わないでねと念押しをしてから、駿くんとの一連のやりとりについて話したのだ。イーイーは共通の知り合いだから、きっと私がイーイーに話したと知ったらきっと駿くんはもっと私に怒りを強めるだろうと危惧して、ざっくりとした流れしか話さなかったけど、なんとなく私が話した以上のことを、イーイーは理解してくれている気がした。

「私は中国人だから、大変な思いをしてるだろうと思って、気を使ってくれる人にたくさん会ってきたよ。コロナのことで中国人差別があったり、最初の頃は家族の心配してくれる人もいたけど、私はもっと普通に流してくれたらいいのにって思った。多分すごくナイーブになってた。自分が中国人だってこと、自分で考えすぎないようにしようとしてた。だから気を使ってくる人が、ちょっと嫌だった。全然私なんとも思ってないよって、思おうとしてたから」

「うん。その子もね、何かできることある？　って聞いたら、ゲームしよって言ってたの。

だから、私もちゃんとそうやって流すべきだったんだろうって、今は思う。でも別に私はそんなボランティアみたいな気持ちでしたことじゃないし……」

そこまで言って言葉を止める。自分がどんな気持ちではま屋に行ったのか、もう考えすぎて分からなくなっていた。

「相手の親切も思いやりも、受け入れられない時、あるよ。そういう時は、する人もされた人も、ちょっとずつ傷つくね。でもだとしても、することに意味があったりもする。あとから、何ヶ月とか、一年とか、何年か分からないけど、カプセルが溶けたみたいに相手の気持ちが伝わってくることがあるんだよ。例えば、その時私がガチガチに守り入っちゃってたの見て、距離をとってくれた人とかもいて、それもあとから優しさだったんだなって分かって嬉しくなったりするよ。人は閉じた貝みたいになる時ある。でもちょっと開いた時、レナレナの優しさの形にその子も触れるはず」

それって相手の気持ちを想像できる時、ってことだろうか。私は追い詰められてたわけじゃないのに、そもそも駿くんの気持ちを想像できてなかった。親にひどいこと言われて可哀想とか、何かできることないのかなとか、結局全部自分基準で考えて、私だったらこうされたい、を基準に自分の気持ちを押し付けてただけだ。それが優しさなのか、善意の押し付けなのか、私にはもう判断がつかない。

「もう行かないと。気持ちは分かるけど、あんまり遅くまではダメだよ」

休憩時間だったイーイーは、スマホを見て慌てたように言うと手を振った。駿くんが駅から出てくるのを待っていようと思って唐揚げを購入。神社で食べながら友達待ってるからもし休憩入ったら話聞いて、と言い残し、神社の階段で唐揚げを食べ終えた頃、イーイーが来てくれたのだ。駿くんはなかなか出てこない。この間駅で会った時はこんなに遅くなかったはずだ。もしかしたら、今日は欠席、あるいは何か用があって逆側の出口から出たりしたんだろうか。あんまり遅くなるとゼンリーで調べられてママにここに留まってたことがバレて問い詰められるから、六時を過ぎたら帰ろうと思いながらギガ節約のためダウンロードしておいた曲を聴いて小声で歌いながら待つ。

六時を過ぎて少しした頃、駿くんが駅のエスカレーターを上がってくるのが見えて立ち上がる。嫌がられるかもと足がすくみそうになったけど、私は二、三歩ゆっくり踏み出してから、駿くんに駆け寄った。

「駿くん」

私の声に顔を上げた駿くんは、私が予想していた最悪の顔よりはずっと柔らかい表情を浮かべた。

「やっぱり話したい。私の話を聞いて欲しい」

「玲奈は多分、どっかで俺のこと捕まえて話そうとするんだろうなって思ってたよ」

駿くんは、私よりもずっと、人のことを想像できる人なのかもしれない。そう思った。でもそんな人を、私は怒らせてしまったのだと思うと、自分のしたことの重さを痛感した。一人で座っていた階段に二人で舞い戻る。緊張していた。こんな緊張が存在する世界に生きていたくないという一心で、私は口早に説明をする。まず第一に、うちは基本的に友達を呼べない家であること、だから、友達を家に呼ぶことは一大イベントであること、しかもミナミが家に来るのは初めてで、私は自分が好きなこの地元を二人に紹介したかったこと、お昼時を逃して、ジャンクなお菓子を食べていたからママの勧めたピザにあまり惹《ひ》かれなかったこと、ヨリヨリがフライドチキンを食べたがったから唐揚げの美味しい定食屋さんがあるよって提案したこと。ここでジャンクなピザに惹かれなかったのにフライドチキン、唐揚げというワードが出たことの矛盾に気づいたけど私は駿くんに突っ込まれないよう言葉を早める。いつも皆渋いお小遣いでやりくりしてるけどその時はそれぞれがお昼代をもらっていたこと、もしかしたらどこかで、お店の状態が苦しいと聞いてたことで何か力になりたいと思ってたところがあったかもしれないこと、でも恩着せがましいことをするつもりはなくて、ただただ自分が食べたいものを食べることがはま屋の足しになるならウィンウィンみたいな気持ちもあったかもしれないこと、でも駿くんの気持ちには考えが及んでいなかったであろうこと、あの時もう少し思慮深く行動していれば、あんな形で駿くんに嫌な思いをさせることはなかったかもしれないこと。そこまで話して、私は謝った。

「大体そんなことだろうって、分かってたよ。全然、うちの店来たこと、嫌だったわけじゃない。もちろん、母ちゃんとかあんなんだしちょっと恥ずかしいし、友達に見られたくないとか関わって欲しくないとかはあるけど、嫌だったわけじゃないよ。施しとか嫌な言い方してごめん」

「謝らないでよ。そうやって駿くんは私のことも想像して分かってくれてるのに、私がちゃんと駿くんのこと考えられてなかったのがいけないんだし、本当に考えなしな自分を後悔した」

言いながら仲の良かった友達を私は本当に傷つけたんだという実感が湧いてわなわなしてきて、浮かんでいく涙が抑えられなくなっていく。でも逆に言えば、私は今の今まで実感が湧いていなかったんだとも思った。

「自分でも自分のことがよく分からないんだよ」

自分で自分のことが分かってるのか分かってないのか分かってるんだから、駿くんは大人だ。

「私は多分、色んなことがまだ足りてないんだと思う。これからもっと、人のこともちゃんと想像できるようになりたい。変わっていきたい。でも一人じゃ無理だから、皆に一緒にいて欲しい。その道筋で誰かを傷つけちゃったら、そのたびそのことをちゃんと考えていきたい」

なんだか私は、駿くんのことを傷つけたくせに、結局自分のことしか考えてないみたいだ。そう思った瞬間、次の言葉が繋げなくなって黙り込む。並んで座った駿くんはまっすぐ前を向いていて、はっきりと表情が分からない。正面からまっすぐ見たいと思ったけど、それはそれでやっぱり自分勝手過ぎる願いな気がする。

「友達が店に来てくれたら、嬉しいよ。俺も大好きだしあの店。でももう大好きだって言えないんだよ。親に対する怒りもあるし、店が立ち行かない現状への憤りもあって、素直な気持ちになれないんだよ。どうにもならねえって諦めた態度取ってたいんだよ。でも玲奈がああやって店に来てくれて、友達が美味しかったとか投稿してくれてるの見ると、あんなうまいんだし、俺の好きな店だし、何とかなるんじゃねえかって思うし、何で何ともならねえんだって怒りが湧いてくるんだよ。来てくれてありがとうって言えない自分とか、あんな潰れそうなきたねえ店来んなよって思う自分が、マジで嫌だし悲しくなる。俺が好きなのに好きだって言えなくなっちゃったものを、玲奈が好きだっていったり、美味しいって褒めてくれたりすることが、もう許せなくて、腹が立って仕方ないんだよ」

ごめん。と言いながら涙が止まらなくなっていく。好きなのに好きだって言えない気持ちが、私には分からない。私がどんなに想像しても、今の駿くんの気持ちは、正確に理解できないだろう。こんなに自分には到底理解できないものに満ちている世界を、どうやって生きていったらいいのか分からない。分からないで切り捨てられないけど、分かりたいで分かるはずもない。

「怒りの中にいる方が楽なんだよ。何なんだよあいつって怒りで切り捨ててられれば、あんなくだらねえ親たちがやってる店なんて潰れて当然だって思えれば俺は楽で、葛藤しなくて済む。俺から未来を奪おうとして、俺に色んな責任押し付けてくるバカ親たちの店なんて潰れろって思うことで、保険かけてんだよ」

駿くんと話したいと思って来たのに、やっぱり自分があまりにも浅はかで思慮からかけ離れた人間だったと思い知る。何を言っても届かないんだと思った。だってこんなに色んなことを考えて考えの頂点にたどり着いてる駿くんに、こんな考えの下界にいる自分が声を掛けたって、届くわけない。

「俺が最低なだけで、玲奈は何も悪くねえよ。俺みたいな最低なやつの気持ち考える必要ないし、玲奈は今のままでいいよ。でも今の俺には玲奈はちょっと無理なんだ。ていうか、色んな人が無理なんだよ」

ごめんなと続けて駿くんは立ち上がった。もはや何も言えなかった。最低な駿くんの気持ちを知るために必要なら、私も最低になりたいと思った。最低な人を、最低だと切り捨てる方が最低だと思った。それに多分駿くんは最低じゃない。ぐちゃぐちゃな気持ちを言葉にできないまま、私はもう涙も拭わずじっと駿くんの背中を見ていた。怒りと悲しみ憤りと疑問が、ゲリラファームのツルハシャーたちのように胸の中でぶつかり合って戦っている。どしん、どしん、と衝突が起こるたび、足元がグラグラして私は倒れ込む。不意にもう空っぽになったプラスチックのカップから唐揚げの匂いが漂って、何で私唐揚げなんて地雷アイテム買っちゃったんだろう駿くんもこの匂い嗅いで嫌な思いしたかもしれないと思ったら、もう自分の浅はかさとか無神経さとか食欲が許せなくなって、どこかにカップを投げつけたくなったけど、手に取ってどこに投げるか一瞬辺りを見渡したあと、お腹に抱きかかえるみたいにして肩を落としたまま泣いた。

別に何か話したかったわけじゃないけど、ロボットみたいに無理やり足を動かして家に帰ると、ママはほとんど入れ違いで彼氏のところに出かけて行った。LINEで聞いたらパパは八時頃に帰るってことだったから、一人で生姜焼きと千切りキャベツ、キュウリとタコの酢の物、もやしとネギの味噌汁を食べた。八時過ぎ、イーイーがファームしようと招集をかけたけど、今日は同小《どうしょう》のマッキーこと牧本春彦《まきもとはるひこ》しか参加しなくて、三人で奇襲を仕掛けたらことごとく負けた。

それでも日々は続いていく。私たちの日常には絶え間なくやるべきことが組み込まれていて、きっとそれは全国の十四歳にとってそうなのだろうけど、全国統一でそうだからといって、その現実を受け入れられるかどうかはまた別の話だ。勉強とバスケの繰り返しの日々をやり過ごしている内に、三回目の緊急事態宣言の延長が決定して、ああ駿くんのお店大丈夫かなっていつの間にかまたお節介なことを考え始めていた自分を戒めるように、私は中間テストの勉強に没頭した。月後半は金欠だったこともあってコンビニにも寄らずイーイーにも会わなかった。ママも映画館が休館になってしまった対応に追われているのか何だかめちゃくちゃ忙しそうで、ご飯を作った後会社に戻ると出ていったり、朝起きると朝ご飯だけが置いてあってすでに家を出ていたり、家にいても部屋にこもって仕事をしてるかソファで資料を片手に寝落ちてたりして、あれ最近彼氏と会ってる？　大丈夫なのかななんて子供がするべきでない心配をさせるほどで、あーなんか人生って無情、ってぼんやり思うけど、まあどんなに家庭とか生活とか心が殺伐としていても、とにかく自分にできることは勉強しかないんだと自分を鼓舞してテスト勉強に邁進《まいしん》した。

「今日でテスト終わりだよね？」

ヨリヨリとげっそりしながら学校から駅までの道を歩いている途中、ママからＬＩＮＥが入って「うん疲れたー」と返信する。何が食べたい？ と聞かれて、「玲奈は何食べたいか聞くと八割ペペロンチーノ、残りの二割はパスタって言う」と文句を言われていたことを思い出して「ハンバーグとか」と入れると「他には？」とさっくり却下された。唐揚げと入れようとして、何となく駿くんのことを思い出してしまって「タコライス」と自分でも予想外な答えをしてしまう。「意外なチョイス。」と受け入れられたのか却下なのかよく分からない返信でやりとりは途切れた。

「レナレナ明日どっか行かない？ まじ勉強の記憶を全て無くしたいわ」

「それなだけど全て無くしたら期末がきついって罠《わな》な」

「その現実も忘れたいわ」

「原宿でも行く？」

「原宿かー。なんかもっと新しいことしたいな」

新しいことってざっくりしすぎと呆れるけれど、それに対して特に目新しい提案ができない自分も残念だ。

「新大久保」

「新しくない」

「じゃディズニー」

「ディズニー今予約制」

「ヨリヨリもなんか提案してよ。てかミナミにも聞いてみよ」

言いながら明日空いてるかミナミにLINEを送ると、大丈夫だよー、私もう先週テスト終わったしーとミナミから返信がきた。なんかヨリヨリが新しい体験したいらしいんだけど、何がいいと思う？ と入れると、回転寿司とか行かない？ と何となくミナミっぽい提案が入って嬉しくなる。回転寿司！ と声を上げると、ヨリヨリは不意をつかれたのか一瞬難しそうな表情をした後満面の笑みで「回転寿司か！」と声を上げる。

「あ、じゃ馬場に行こう！」

ヨリヨリが突然声を上げる。

「馬場って、高田馬場？」

「そうそう。高田馬場でボーリングしよ！ 駅ビルの中にボーリングも回転寿司もあった気がする！」

おーいいじゃん！ と声を上げ、そういや駅からちょっと歩いたところに結構大きな公園があったよと私も提案する。いいじゃん何でも揃ってんじゃん。ヨリヨリと盛り上がって「じゃ明日高田馬場で回転寿司食べてボーリングしよ！」とミナミにも送信する。次いで「明日友達と回転寿司とボーリング行ってもいい？」とママにもLINEする。「交通費とお昼ご飯代は出すけど、ボーリング代は自分で出すように」と入ってきて、渋いなあと思いつつ「はーい」と返す。


夕飯はタコライスではなく、タコスだった。トルティーヤにミックスビーンズ入りのタコミート、サルサにレタスにチーズにワカモレが用意されていて、全部を載せて最後にレモンを絞る。こうしてこうして、とママが説明しながら作ってくれたトルティーヤを一つ食べただけでかなりお腹が満たされてしまった。トルティーヤがでかいせいで、タコス一つでほとんどでかいブリトーを一本食べたかのようなボリュームだ。

「え、なんか夕飯十分で終わりそうなんだけど」

「せっかくのタコパなのに十分で終わらせないでよ」

「でもなんか、これ二枚も食べたらお腹いっぱいになりそう」

「具を詰め込みすぎなければいいんだよ」

「でもこのトルティーヤ一枚ですごいボリュームだよね」

「春巻きの皮とかにすれば良かったかな」

私たちがそんな話をしている間に、パパはトルティーヤにごっそり具を載せて四枚食べると、「すごく美味しかったな」と独り言のように呟いて部屋に戻ってしまった。パパは最近、なんかアメリカの古いのか古い設定なのか分からないけどなんか古臭いマフィアドラマにハマってて、家にいる間ずっと部屋でそれを観ているのだ。

「駿くんとはその後どう？」

「んー、一回話したけど、私がちゃんと話せなかった」

「そう。まあタイミングってあるから」

テストが終わったタイミングでも、テストの出来より駿くんのことを聞いたママに、気が利いてるんだか利いてないんだかよく分からないなと思いつつ、嫌な気はしなかった。

私って無神経でデリカシーのない人間なのかなーと呟くと、「少なくともナイーブではないし、デリカシーもないね」とママは答えた。だよねと言いながらトルティーヤにかぶりつく。手に汁が垂れて、ベタベタする。ママが「塊肉を削ったものと挽肉を同量使った」と話していたタコミートはスパイシーで、食べ進むうちに辛さがきつくなって汗が出てくる。身体が熱くなったせいか、ふと今日理科のテストで出た細胞分裂の問題が蘇って、私は唐突に人間も生き物でいつか死ぬんだっていう、これまであんまり考えないことで有耶《うや》無耶《むや》にしてきた不都合な現実を思い出す。

「いつか死ぬのかなー。嫌だなー」

「自分が？」

「うん自分が」

またいつもの感じで鼻で笑われるだろうと思ったら、ママは少し気怠そうな表情で、玲奈が死ぬような年になった頃にはもう不死の薬ができてるかもよと、もはやトルティーヤに包まずタコミートをスプーンで食べながら言った。

「え、そんなことあるわけなくない？　子供だからって馬鹿にしないでよ。てか包まないの？」

「トルティーヤでお腹がいっぱいになっちゃいそうだから。多くの人が不老不死を求めてるからね。これまでも、マジョリティの願いはことごとく叶えられてきた。実現しても不思議じゃないと思うよ」

「でも炭水化物ないと満足感なくない？　てかママは不老不死求めてない感じ？」

「大人になるとそんなにエネルギー使わないんだよ。私はこれから死にゆく人間の存在しか許せないからね」

「それって、私もいつか死ぬと思ってないと私の存在も許せないってこと？」

ママはお肉にサルサとワカモレとレモンとタバスコとチーズをたっぷりかけながら、少し考えるような顔をする。

「玲奈は私の特別な存在で、既に一つの概念として私の中に存在してる。だからあなたが死ぬことはあり得ない。肉体が滅んでも、決して死なない」

「よく分かんないな。ママって会社でもそういう話し方するの？」

「話し方は相手を見て変えるよ」

「じゃあ何で無神経でデリカシーのない私にそういう話し方するの？」

「私は玲奈の中に、概念として存在し続けたいと願ってるからだよ。あなたの世界から私の死をなくすためにね」

ママは少し愉快そうに言った。何が愉快なのか私にはよく分からなかったし、何か怖い話を聞いてるようなぞわぞわする感じがあった。本気で私は永遠に死にたくないし、ママにも永遠に死んで欲しくないしこの願いって人類のデフォルトだと思うんだけどそれに全然共感してくれないママが怖いっていうのもある。ママの彼氏は、ママのこういう話が理解できる人なんだろうか。まあそりゃ、全く理解できないような人とは付き合わないだろうけど、でもこういう、具体的でないというか、こういう概念？　みたいなものが先に立った話が理解できるような人なのだろうか。ママとパパが話してる時も、この疑問をたまに感じる。彼らは同じ言葉を持っているように見えて、どこか一方通行なところがある。そのテーマについて、自分の考えを説明したら終わり。それ以上の、心からの理解を求めていない気がするのだ。どこかで分かり合えないことを前提に、関係が築き上げられてる気がする。だから、大人って一人なんだなーって、私はどこかでずっと感じてきた。私もいつか、人と伝え合うことを諦めて、一人になるんだろうか。そんなのやだな。やっぱり、色んな人と、できるだけ多くの人と、言葉の上だけじゃなくて、理屈だけじゃなくて、心から分かり合いたい。でもこんな願い、ママからしたらお子ちゃまディズニー夢の国って感じなんだろう。

「明日はこの残りでタコライスにしよう」

明日の献立を考える必要がなくなったせいか、ママは晴れ晴れとした表情で言って箸を置いた。私も三つ目のでっかいトルティーヤを食べきると、ヌルヌルする手を二度ハンドソープで洗い、食器を下げて部屋に戻った。

馬場で待ち合わせるか、それとも新大久保でちょっと買い物したりプリクラ撮ったりしてから馬場行くか、ヨリヨリとミナミが話し合ってるLINEに参入して「新大久保待ち合わせにしよ！　チーズハットグ食べたい！」と送る。「じゃあそうしよう！」「ま、ボーリングとかご飯は流れで！」と二人が同意してくれてLINEは途切れる。何だよ入った瞬間話が終わっちゃったよと、何だか寂しい気持ちのままパソコンでバスケの好プレー集を流してイメトレをしてると、イーイーからファームのお誘いが来て、すぐにオンラインにする。ボイチャを繋げると、久しぶりレナレナー！　といつもの元気なイーイーの声がして何だか少し懐かしさを感じる。私は一つテストを経るたび一つ諦めを知ったかのような気分になり、もうあの頃には戻れない、という奇妙な郷愁《きょうしゅう》を抱くのだ。

「私今日テスト終わったんだよー」

「まじ？　じゃ今日はお祝いだね！」

「島攻め込んじゃう？」

「いーねえ。足引っ張るなよレナレナ！」

きゃっきゃと話していると、マッキーとりゅうくんが入ってきて、私たちは四人でどの島を攻めるかあれこれ話し合っていく。えっじゃあこのMona island攻めるんでいい？と話が決まりかけた頃、駿くんのアイコンSoon↓が入ってきてドキッとする。おー駿もきたなー、とイーイーがいち早く反応して、他の二人も久しぶりじゃんと声を掛ける。

「テスト終わったからなー」

いつも通りの駿くんだった。怯《ひる》みそうになったけど、「おつー」と声をかけると「玲奈も中間終わったんだろ?」と聞かれて「今日終わったー」と答える。「そのやり取り二周目や」といつもマイペースなマッキーが馬鹿みたいな口調で言って、皆で装備を最適なものに変えて、私たちは出陣する。

ぎゃーやばい! ちょっと何でマッキーそっち行っちゃうの水際から攻めてよー! いや俺納屋破壊すんで! えっとりま大砲破壊じゃね? ちゃうって最初は納屋乗っ取りやろ! ぎゃー私一番強いリーダー連れてんのにめっちゃ削られる!

きちんと計画を立ててからゲリラを挑まなかったせいで私たちは足並みが揃っておらず、この一年じわじわとプロテインポーションをつぎ込み育成してきた私のリーダーがツルハシャーたちに取り囲まれ襲われて身動きが取れなくなっていると、突然コンバインがやって来てざっと周囲のツルハシャーをなぎ倒していく。

「玲奈まじ早くレベル上げろよ」

駿くんの呆れた声に、うっさいなーと声を上げつつ、私はコンバインに乗り込み、急カーブをして衝突すれすれになったトラクターに飛び乗ると運転手をツルハシで襲う。

「玲奈すげー!」

マッキーの声に呼応して、皆が歓声を上げる。Good combination! というイーイーの言葉に少し胸が熱くなって、でもすぐに気を持ち直して奪ったトラクターでツルハシャーを追い込んでいく。

「駿くん向こうからお願い！」

オッケーと涼やかな声がして、私たちは左右から追いつめたツルハシャーを潰していく。イーイーがYeah なんとかかんとかー！　って熱い英語の歓声を上げて、私たちも皆イェーイ！　みたいな声で呼応する。結局、どんなに考えても駿くんのことはよく分からない。駿くんのことを知りたいなら駿くんと話すしかないんだろうけど、駿くんはきっとまだ私とそういう話をする気にはなれないんだろう。でもゲリラファームで協力して土地を奪取するくらいの関係は保てるみたいだ。

ここで何育てる？　じゃがいも？　スパイス系はここ無理だったっけ？　スパイスは高地じゃないと無理やな、無難にサトウキビで良くね？　侵略した土地で何を作るか皆で相談しながら、私は久しぶりに息ができたような気がした。

「ヤバいもう九時じゃん私落ちる！」

20:59 の表示を見て慌てて言うと、「じゃあねーレナレナ Good dream!　夜更かしするなよー」とイーイーが、りゅうくんとマッキーは私を無視して最近サトウキビの収穫多すぎるんだよなーと話し合っていて、「じゃーな」と駿くんの声がして、またねと言った瞬間アプリが落ちた。四人との会話が一瞬で途切れた部屋はあまりに静かで、寂しくなる。でも今日は、一人になりたい人の気持ちを少し分かってみたい気持ちだった。ちっちゃい頃はもっとずっとイージーモードだったのに、中学生の人生はハードモードだ。自分が一人になりたい人の気持ちを分かりたいと思う日が来るなんて、思いもしなかった。引き出しからぷっちょを出すと、二個一気に口に入れる。一人になりたい人の気持ちって難しいなと思いながら、私は歯にくっつくぷっちょを舌で剝がして、明日行く人生で三回目のボーリングのイメトレを始めた。

愛を知らない聖者ども

「まじヤバいから！　ほんとヤバいから聴いて！」

　カナはほとんど涙ぐみながら迫ってくる。校内で使用しているのが見つかると即刻親に連絡がいくという鬼畜ルールのため、ブレザーの袖の中にスマホを半分隠したままそれでも感動を伝えずにはいられないようで私に腕を差し出してくる。流れているのは今日十二時に公開され四十分後の今一千万回再生を超えているモンスター級の人気を誇る韓流アイドルDon't be quiet略してＤＢＱの新曲ＭＶだ。鬼畜ルールの中でもどうしても公開と同時に新曲を聴きたいし、というか新曲公開一時間前の十一時からメンバー五人が新曲ＭＶの舞台裏や新曲に込めた思いを語り合う生配信が始まっていて、韓国語は分からないけどできればそれも逃したくないというDon'ties《ドンティイーズ》ことＤＢＱファンたちは画面の明るさを極力下げ、机の中でＤＢＱライブ配信を流し、Bluetoothイヤホンを片耳、勇気あるものは両耳にはめ、教科書を見つめるフリをしながら視聴していたのだ。ここ数日、この日のためにBluetoothイヤホンを持っていないか持っているなら貸してくれないかとクラスメイトたちに聞いて回る子たちを何人も見た。

「てかでも、皆よくそんな危ない橋渡るよなー。隣に座ってるエミリーがさ、もう、小声で『ひっ』とか『くっ』とか口押さえながら涙目で打ち震えててさ、あれ絶対松本気づいてたよ」

ヨリヨリの言葉に、「佐々木も絶対気づいてたよもークラスの空気が異様だったもん」と同意する。

「どんな罰が待っていようと私たちはそれを最速で見ることを諦めなかっただろう」

唐突にカナが翻訳したみたいな文章を口にするから私とヨリヨリはゲラゲラ笑って、それ英語で言ってみとヨリヨリが煽《あお》る。

「I can't stop!」

はしょりすぎ！　とまた笑いながら、あ、ＲＪじゃんとカナの推しのソロパートに反応してみせるとカナが悲鳴を上げる。私の推し2.5次元アイドルラブドリは、ここ一年音楽の活動が少なく正直言うと段々熱が冷めてきて、でも私は活動がないからって推しを裏切るような軽薄な人間じゃないと思いたいがために配信動画は見続けてるけど、正直もう音楽は聴いていないし、もっと言えばママの影響もあってロックバンドの方に興味が移り変わりつつあって、千曲くらい入れているプレイリストにもラブドリの曲は入っていない。

カフェテリアのあちこちで同じようなやりとりが行われているのが、なんとなく皆のスマホを隠そうとする不自然な動きから分かる。カフェテリアでは中一から高三までのあらゆるクラスの子たちが大小のコロニーを作ってお弁当を食べている。コロナ禍で登校時間を繰り下げていたため昼食の時間が短縮、かつ教室内で自分の机で黙食せよと指導されていたのが、感染者の激減でとうとう十一月から通常の登校時間に戻され、教室外でのお弁当も許されるようになったのだ。私たちに動くな喋るなというのは四十四の猿を椅子に座らせ黙らせることと同じことだしさすがに先生も諦めてはいたものの、それまでは檻《おり》に閉じ込められた猿のごとくご飯を食べ終えるまでは教室から一歩たりとも出してもらえなかったのだ。家を出るのが三十分早まったのはまじで苦痛だけど、お弁当の時間がくるたび「そうそうこれだよこれ！」と自由さに感激する。カナがＲＪのソロパートを繰り返し見つめてうめき声をあげていると、おー私も今モナに見せられたとこーと無類のパン好きパスコが超熟六枚切りを丸々二枚使ってあると思しきラップに包まれたサンドイッチを齧りながらやって来た。

「あれパスコもＤＢＱ好きじゃなかったっけ？」

「まー好きだけど、ここ最近凜ちゃん沼にハマってるから」

「吉岡凜？　かわいいよねー」

「舞台挨拶当選しちゃった！」

「え、何の映画？　『パンダリレー』？」

「や、あれはもう公開されてる。じゃなくて『エターナルフレンド』。大門岳也も出るんだよーめっちゃ楽しみ！　お参りした甲斐があった！」

推し事忙しそうで何よりとヨリヨリが呆れたように言う。中学に入学した当時は推しがいる子は少数派だったように思うけど、今ではほとんどの子に何かしらの推しがいる。その話をしたら、コロナ禍という特殊な環境が彼女たちを推しに向かわせたのかもしれないね。とママは言っていた。コロナで自由時間が増えたからかもねーとか言えばいいのに何でママはこういう重々しい言い方をするんだろう。

改札を出るとすぐにミナミの姿を見つけ、私とヨリヨリはぎゃーと声を上げミナミに抱きつく。ヨリヨリとミナミと三人で共有カレンダーを作って、私とミナミの部活がない日は大体ミナミの最寄り駅で落ち合ってマックかスタバに行くことにしていたけど、コロナが激減したせいで私とミナミの部活はフル活動しているためミナミに会うのは一ヶ月以上ぶりだった。久しぶりに会う親友がとんでもなく愛しくて、もう本当にハグしたまま離れられなくなって団子みたいになってスタバに入ると三人ともフラペチーノを注文した。スタバはお小遣いをもらってすぐの月初めしか来れない大贅沢だ。お金がない時はロータリーか駅近の公園に座り込んで寒さに震えたり夏には汗だくになりながら百円自販機で買ったジュースを片手に話す。

「ねえミナミの学校でも今日DBQ見てる子たちいた？」

「いたいた！　さすがに授業中は見てなかったけど、昼休みにめっちゃ騒いでた」

「そうなの？　うちのクラスめっちゃ授業中机に隠して見てる子多くてまじ笑った！　カナも昼休みに見ろ見ろって騒いでたし」

「いいよねー。ドンティーズたちのエネルギーって羨ましい」

「あ、てかミナミあの告ってきた男の子とはどうなったんだよー？」

ヨリヨリの言葉にミナミは困ったような顔でうーんと口をへの字にする。えっなになに教えてよ何がどうなったの？　どうしたのなんでどうして何も言ってくれないの？　教えてよなに付き合ってんの？　私たちの詮索は止まらず、ミナミは複雑そうな顔で「ちょっとまだ微妙で」と言葉を濁す。

「どういうこと？　何がミナミをそうさせるの？　どうして私たちに詳しく話してくれないの？」

「いやまあ、結論としてはまだ付き合ってはなくて……その子、えっとAくんとするけど……」

「えっ何でAくんなの？　私たちには彼氏候補の名前教えられないってこと？」

「いやそんなわけじゃないけど、なんか恥ずかしいし」

「言ってよお願いだよミナミ。ミナミの彼氏候補の名前も知らない世界で私はまともに生きていけないよ」

「ちょっと玲奈《れいな》大げさ。じゃあえっと、奥菜《おきな》くんていうんだけど」

下は？　と私とヨリヨリが声を合わせると「さとくん」とミナミはちょっと開き直ったように断言するような口調で言った。「奥菜さと！」と私とヨリヨリはまた声を合わせる。なにその女優みたいな名前。な、少女漫画に出てきそうだよな。えイケメンの名前じゃん。

え共学ってヤバくね？　共学にはそんな恋愛が蔓延《まんえん》してんの？　それな。てか学校に男がいるとかまじ異世界なんですけどそんな異世界にミナミが適応しちゃってんのもショックなんですけど。火星くらい意味わかんないよな。

「まあ最初に告られた時、まだお互いよく知らないし、友達になろうって言ったんだけど、まあ向こうが色々誘ってくれたりＬＩＮＥでやり取りしたりして少しずつ仲良くなっていってはいて、この間二度目の告白された……」

ひっと声を上げ、私はヨリヨリを見やる。ヨリヨリも大きく口を開けて驚愕《きようがく》の表情を浮かべている。何それ何それなんで付き合わないのていうかめっちゃ好かれてんじゃん二度目の告白とかドラマの世界じゃん何でどうして付き合わないの！　てか色々誘ってくれたりとかってなに？　デートみたいなことしてるわけ？　どうしてリアルタイムでそういうこと私たちに言ってくれないの？　てかなにその恋愛の発展スピード共学ってまじ魔界！きゃっきゃはしゃいでいると隣の隣に座ってるおじさん二人組に渋い視線を飛ばされ舌打ちをされた。ていうかこっちからしたら何でおじさんがスタバにいるのって感じなんですけど中高生の話し声が嫌でフラペチーノも飲まないならドトール行けば？　と思いつつ唇に人差し指を立ててるミナミに「はいはい」と頷く。

「絶対に誰にも言わないでね。誰にも」

「言わないよ！　信用してよ！」

「信用してるけど。お母さんにバレたら大変なことになるだろうから、依子《よりこ》も玲奈もお母さんとかにも言わないでね」

「お母さんてそんな恋愛とか厳しいの？　もちろんお母さんとかに言うわけないけどさ」

「前付き合ってた時は普通に受け入れてくれたし厳しくはないと思うけど、お母さんお父さんと離婚するみたいだし、なんかちょっと精神やられてるから、あんま刺激したくないなって思って」

私とヨリヨリは顔を見合わせて「前付き合ってた時？」「受け入れてくれてた？」と目で会話した後また怒濤《どとう》の勢いでミナミを質問攻めにした。


アメリカにいた頃付き合っていた彼氏がいたこと、軽いキスをしたことがあるということ、その彼を残してロクにお別れの挨拶さえできないまま日本に来てしまったこと、今でもたまに連絡は取るけど以前のようにラブラブな会話はしていないということ、彼との関係が曖昧なまま新しい人に告白されてしまったことで気持ちに踏ん切りがつかないこと、親が離婚したらもうアメリカには戻らないだろうしきちんと話すべきだと分かっているけどなかなか切り出せないこと。私とヨリヨリに恋愛経験がないことを勘づいていて、この話を敢えてしないようにしていたこと。同い年とは思えないミナミの話に打ちのめされて、私は半ばぼんやりしたまま電車を降り、最寄り駅の改札の前まできてヤバもう改札、とパスモを取り出そうとしてイヤホンを落としてしまって、あ、ピッてしちゃった、あイヤホンが……、とわちゃわちゃしていると後ろにいた人が Bluetooth イヤホンを拾ってくれて、ここから始まる恋とか……と思いながら顔を上げると普通に親切そうなおばさんで、そんなのあるわけないよなーと思いながらありがとうございますと頭を下げて慌てて改札を抜ける。

ただいまーと言いながらリビングに入ると、ママの部屋から声が聞こえてきて、今は何かリモートの打ち合わせ中だと分かる。ママは最近担当した映画がヒットしているようで、この一ヶ月くらいめちゃくちゃ忙しそうだ。たまに『○○』への取材申し込みがすごく多い」とか「『○○』が○○賞取った」とか言って忙しくしている時はあったけど、今回はちょっといつもとは桁違いに忙しそうで、最初は嬉しそうだったのに段々「あんなに暗い映画がどうしてこんなに動員してるんだろう」「これまで私が想定していた大衆とは本物の大衆ではなかったのかもしれない」とか思い詰めた表情で独り言を言うようになっていた。ヒットしてるなら素直に喜んだり誇ったりすればいいのにと思うけど、何だかそういう一直線な心の動きがママにはないようだ。

制服を脱ぎ捨ててオレンジジュースを飲んでると、帰宅に気づいたらしいママから「メルヴェイユのワッフルがあるから食べていいよ」とLINEが入った。テーブルを見ると確かに薄いワッフルの詰め合わせが置いてあって、わあと声を上げながら貪《むさぼ》ると挟んであるキャラメルがにゅっと糸を引いてその香ばしい甘みに悶絶《もんぜつ》する。スタバのフラペチーノはコッテリラーメンと同じくらいのカロリーだってどこかで読んだなと思い出して、私今体重何キロなんだろうと思いつつ身体測定の時以来体重を量っていない私はラーメン食べた後にワッフル食べてるのかーとぼんやりとした罪悪感を抱えながら二枚目に手を伸ばす。二枚目はなんかお酒の味がして、一口食べたところで綺麗に元の紙に挟んで戻した。三枚目はよく中を見て、お酒じゃなさそうなのを選んだらバタークリームで、これが一番うまいと独り言を言いながらオレンジジュースを飲み切らないまま冷蔵庫を開け牛乳を注いだ。牛乳をソファの肘掛けに置いて横になってワッフルを齧りつつテレビをつけてYouTubeでオットトットトーズのドッキリ動画を流すと、ヨリヨリからの「最悪親呼び出された！」という本当に最悪な報告に「まじ？　期末の件？」と返信する。そう言えばヨリヨリは一学期の期末後も親が呼び出されて、このままだと内部進学が危ないですと三者面談で警告を出されていたのだ。二学期からは勉強に専念するためバスケも休部するよう指導され、私は一番仲の良かったヨリヨリという部活仲間を失った。そしてこのままいくと私たちは同じ学校に通い続けることさえできなくなってしまうかもしれないのだ。ミナミが転校してしまったこともショックだったのに、ヨリヨリまでいなくなったらマジで学校がつまらなくなる！　と一瞬思った後に、まあ別に他にもたくさん友達いるしつまらなくはないかと思い直す。

「え、マジでヤバいの？　期末そんなヤバかったの？」

「まー点数の低さはまじ誇れる」

「困るよヨリヨリいなくなったら私不登校なるかも！」

「ないわー。レナレナあの学校で一番不登校から遠い奴だろ」

「そんなことないよ！　ねえヨリヨリ勉強がんばってよお願いだから！」

「いやがんばってるて！」

一応塾に通って受験勉強もしていたけど、小学生の頃から国語と社会と理科の成績がヤバいという結構ヤバい生徒だった私はママと塾長の助言通り英語一教科入試に絞って対策をしていて、合格した時もママに「こういうのをチートって言うんだよ」と冗談まじりに言われてめちゃくちゃ腹が立ったけど、実際入学してみると二教科とか四教科とかで入学した子達ってやっぱすげえなと思わされることばっかりで、なんでそんなこと知ってんのと色んなシーンで思ってきたけど、二教科で入学したはずのヨリヨリだけは最初からちょっと様子が違ったのだ。「ネットの合否結果を見た時親が不審そうな顔をしていた」し「塾の先生も合格の連絡を受けた時本当に受験番号は本当に本当に合っていますね？　と確認してきた」し、「適当に書いたマークシートが偶然全部当たったんだろうくらいしか合格した理由が思い当たらない」と自己分析したヨリヨリは、「私ってめっちゃ運がいいじゃん！」と前向き解釈をしていたけど、やっぱり勉強にはついていけなかったのだ。とはいえ、とはいえ！　私立の中ではまあまあ偏差値の低い中学だ。なんとかなるよと皆言ってたし内部進学できない生徒はまずいないと聞いていたのに、ヨリヨリはそのラインを下回ってしまったということだ。確かにこれまで何度か勉強会をやってきて、ヨリヨリのそもそもの前提が共有できてない感じに何度も戸惑ってきた。でもそんなヨリヨリに「かみど！　え違う？　分かったしんど！」と「神戸《こうべ》」が読めなくて大笑いされたことのある私だって多分内部進学ギリギリレベルなんだろうけど。

「え、どうなんのヨリヨリ？」

「分からん。お母さんキレてるしお父さん悲しそうだしお姉ちゃん小馬鹿にしてくるしまじ家が地獄」

どうしようヨリヨリがいない学校生活なんて一ミリも想像できない何かしらの対策を練らないと。そう思いながらYouTubeを検索してラブドリの『スイートハニー』のカラオケ動画を流して歌う。小さな声で歌ってたのに、すぐにママから「打ち合わせ中だからちょっと静かにして」とLINEが入ってテンションが下がる。


玲奈。ご飯だよ。ママの声ではっと目を覚ますと涎《よだれ》が垂れていて反射的に袖で拭うと袖がなくて手首が濡れ、反射的に手首をパンツで拭う。見下ろすとキャミとパンツ姿だった。

「服着なよ」

んーと言いながら起き上がると手元にあったブランケットを腰に巻いて椅子に座る。今日のご飯はポテサラ、生姜焼き、ひじきの煮物だった。

「パパは？」

「会食だって」

ふーんと言いながらまだ頭が働かなくてぼんやりしたままポテサラを取り分ける。えーもう八時かー私なんで寝ちゃったんだろ全然眠くなかったのになーと愚痴りながら向かい合うママが何だか青白い気がして思わず大丈夫？　と声を掛ける。

「大丈夫だよ」

「なんかちょっと痩せた？　え、大丈夫？　なんか幽霊みたいだよ」

「大丈夫だよ。全然」

笑って言うけど、ママは白ワインを飲みながらひじきを食べるだけでポテサラと生姜焼きには手を伸ばさない。お腹空いてないのと聞くと「ちょっと胃が荒れてるみたいで」と覇気のない声で答える。

「えじゃあワインなんて良くないいんじゃない？」

「皆取捨選択をしながら生きてるんだよ。今は私にとってワインを飲むメリットがデメリットを上回ってる。でも生姜焼きを食べるメリットはデメリットを上回ってない。ポテトサラダも」

「そんななんか死にそうな顔で真面目なのか不真面目なのかよく分かんないこと言わないでよ。そんな仕事忙しいの？」

「毎年、大体一年に一回こうして色々重なる時があるんだよ。まあ大体この時期だね。年末年始ロードショーに向けての仕事が増えるし、今回は『ドラッグミー』のヒットが重なってるしね。ここまで忙しいと、自分の魂だけがあちこち駆けずり回って、自分の実体が完全に消えてるような気がして、生きてるのかどうか分からなくなる」

「魂とか生きるとかそういう見えないことの話しないで。私そういう話されると夢見てるみたいな気分になるから」

「玲奈は本当に抽象的な話が苦手だね。じゃあ玲奈の話を聞かせて。最近何か面白い話とかないの？」

「あそうそう聞いてよ、ミナミが、あっヤバ。いや私の友達がね、なんか男の子に告られてね、その話は聞いてたんだけどなんか保留にしてたみたいで、こないだまた二度目の告白されたみたいで、どうしよって感じになってるんだけどミナミ、違うその子はなんか悩んでて、ていうのもアメリカで付き合ってた彼氏がいたらしいんだよ！　それでね、なんかそのアメリカの彼氏ときちんと別れてないし、コロナでバタバタしちゃって何も話せないまま帰国しちゃってて、だから別れてなくて新しい彼ともちょっとだから微妙みたいな。微妙ってかなんか進めていいのかなみたいな、そんな感じなんだって。もーめっちゃびっくりしちゃって色々と」

「そういうぐちゃぐちゃした話し方やめなさい。つまりミナミちゃんはアメリカに彼氏がいて、関係が曖昧なまま新しい彼と付き合い始めていいのか悩んでるってことね？」

「そそ。ミナミなんだけどミナミのママには言わないでね。ミナミのママなんかちょっと複雑みたいだから」

「ミナミちゃんのお母さんとは家出騒動の時にＳＭＳでやり取りしただけで会ったこともないよ」

「じゃ大丈夫か！　そうそうそんな感じで私的には別に付き合っちゃえばいいのにって思

うんだけどね。なんかミナミはしっかりアメリカの彼と話したいんだけど、なんか気持ちが揺れてて今は話せないって感じなんだって。離れてるのってきついよね。やっぱ近くにいないと気持ちって動いちゃうもんなのかな？　ママって遠恋したことある？」

「あるよ」

「どうだった浮気した？」

「した」

「ひど」

「遠距離恋愛の彼との関係も浮気した相手の方との関係もよく知らずに浮気という側面からのみ評価するのは良くないよ。会話を通じて相手を認識していくためには、言葉そのものではなく、その言葉から見えてくる、その人にしか見えてない景色を一緒に見つめる必要がある。例えば、染毛禁止の校則を破ったと言われてる子が、本当は地毛が茶色いだけなのに校則違反だと見做《みな》されている場合とかね。校則違反した不良、と、地毛なのに染毛してると勘違いされて黒染めを強要されてる子、だと全然イメージが違うよね？　私がしたのは結果的に浮気だったけど、少なくとも世間一般的なイメージを持たれている浮気とは違う。パートナーがいる人が他の人と関係を持つことを浮気と一括りにして貶《おとし》めるのは良くないよ。浮気にだって、いい浮気、悪い浮気、上品下品、素敵野蛮、崇高低俗、軽薄一途、美しい汚い、色んな浮気がある。もちろん悪い浮気が悪いってことでもないけどね。そもそも恋愛とか性欲は、そのもの自体がモラルとか常識とは相反するものを内包してるから」

「そういうさ、恋愛は別枠、みたいなの古いと思う。よく分かんないけど、とにかく付き合ってる人がいるのに他の人と付き合うのは良くないよ。別れてから新しい人と付き合えばいいじゃん」

「じゃあどうしてミナミちゃんに付き合っちゃえばいいじゃんて思うの？」

「ミナミの場合はなんか事情が事情だし、コロナもあったし、戦争が引き裂いた的なところもあるじゃん？」

「それで言えば、すべての浮気は戦争的なるものが引き起こしていると言えるかもね」

意地の悪い感じの微笑みを浮かべるママに何それ意味わかんないと呟きながら、まあ状況的に仕方ないパターンもあるんだろうなとは思う。最近韓流ドラマなんかも観てるし、色んな複雑な事情の中で人は恋愛してるんだなーとは思う。でもママの浮気は別に正当化できる要素なんてないはずだ。ミナミの淡い恋の始まりとママの浮気とを一緒にできるはずがない。そう思いながら、他人の恋愛を評価するのはバカだ的なことを前にもママに言われたなと思い出す。

「そろそろ玲奈も子宮頸《しきゅうけい》がんワクチン打ちに行かないとね」

「は？　意味わかんないどうして今の流れで私が注射打つって話になるの？」

「玲奈もそろそろ恋愛とかするだろうし、そもそも高校一年までしか公費で受けられないから」

「えっ別に私恋愛しないし！　ミナミの話じゃん！　公費ってなにただで受けられる的なこと？」

「恋愛が始まってからじゃ遅いでしょ。公費っていうのは、国とか自治体が負担してくれる費用のこと。子宮頸がんワクチンは高校一年までは自己負担ゼロで受けられる」

「だからただで受けられるってこと？」

「そうだよ。自費で受けたら五万くらいする。この公費負担と積極的勧奨があるかないかでその国の子宮頸がんの発症率がかなり左右されるんだよ」

「でも、私こないだコロナワクチン受けたばっかじゃん！　そんな注射受けてたら私ショック死しちゃうよ私注射アレルギーだし」

「注射が怖い人を注射アレルギーとは言わないよ。部活がない木曜夕方か、土曜夕方で受けられるとこ探しておくね」

「ひどい！　どうしてママが勝手に決めちゃうの私の心の準備だって大切じゃん！」

ママはもう私の言葉には応えず死んだような目でワインを飲み続けて、ねえ子宮頸がんワクチンて痛いの？　痛くないわけないよね？　コロナのやつとどっちが痛いかな？　こないだの先生痛かったからあの先生じゃない方がいいな、何秒針刺すの？　どうしてこの世には針刺さないワクチンがないのかな？　どんなに苦い薬でも注射しなくていいなら頑張って飲むのに！　と嘆き続ける私の言葉をすごく適当に流し続けた。

「あ、カレンダーにも入れておいたけど、私明日から出張だからね」

「えっ、出張？　泊まり？」

「先々週あたりに言ったし、カレンダーの通知も届いてるはずだよ」

「そんなの覚えてられないよー。えっいつ帰ってくるの？」

「火曜夜」

「えっ土日も挟むの？」

「うん。関西で何県か回ってくる。この出張が終わったら忙しさが一段落するはずだから、そしたら玲奈が言ってた冬服とかブーツとか、制服の新調とかちゃんとやるから。ごめんね先延ばしにしちゃって」

全然いいよ別に今すぐ必要ってわけじゃないし、その代わりママのブーツ貸してねと肩を竦《すく》める。忙しくて青白くなってるママにそんなことで申し訳ないなんて思って欲しくない。ご飯をどうするとか、お弁当はどうするようにとかの話をすると、今言ったことをグループラインに入れとくから、奏斗《かなと》とちゃんとやってねとママは釘を刺して、はーいと答えると私は食器を下げて部屋に戻った。ママが仕事でいないことには慣れてるし、まあそもそも今も大体一日おきに彼氏のところに泊まってくるし、前は一週間くらい海外出張とかに行くこともあったけど、コロナ以降ほとんど無くなってたから、丸四日もいないのは久しぶりだった。せっかくだしヨリヨリ呼んで勉強会しようかなーと思ったり、だったらご飯代とかおやつ代もらっといた方がいいかなとか、そういや日曜ナツと映画に行こうかって話になってたなとか思い出して、ママにLINEでちょっとお金おいといてくれない映画とかおやつとかで使うかもーと入れておく。「じゃあ三千円置き金しておくけど全部ちゃんとレシートを取っておくように。ご飯と映画と電車賃以外の出費は来月分のお小遣いから天引きするからね。ちなみにスタバはご飯に入りません」と渋いＬＩＮＥが入ってがっかりする。そもそも中三でお小遣い月三千円とか少なすぎでしょスマホのギガも月十ギガで二週間もたないし、ガチでもうちょっと今の中学生の実情を理解して欲しい。

ママは大量の作り置き惣菜をタッパーに詰め、冷蔵庫と冷凍庫にきっちり並べて出張に出た。パパはこの家のことを何も把握してないから何となく不安だなーとも思うけど、ママがいない！　っていう解放感もすごくてもう眠いし歯磨きサボっちゃおとかゲザンくんの YouTube 配信リビングで深夜まで見ちゃおうとかそのままソファで寝ちゃおーとか、いつもできないことができるのがめちゃくちゃ楽しくもあって、ケンタッキーでも取ろうか？　ってパパの提案に歓喜したり、ママがいない間にしかできない悪事で忙しいけど、ところどころでゼンリーを確認してるらしいママから「どうして放課後に中野にいるの」とか「七時までに家に帰りなさい」とか「スリープマーク出てないけどまだ起きてるの？」とかあれこれ指摘が入る。いつも思ってるけど世のお母さんの把握能力ってまじ異常。

「見て見て！　タラーン」

「はっ、何これすげー！」

ヨリヨリが声を上げ、珍しくカフェテリアへの誘いに乗ったセイラも「わー美味しそう！」と目を輝かせた。

「昨日パパがウーバーイーツでケンタとったから、残ったの全部入れてやった！」

土曜日のお弁当だけは作れないけど、冷凍のお惣菜とご飯を詰めて持って行ってねと申し訳なさそうに言っていたママには申し訳ないけど、私は今日のこのお弁当タイムが楽しみで仕方なかった。お弁当箱にはフライドチキン二本、カーネルクリスピー一つ、ナゲット四個、隙間にはポテトをギッシリ詰め、何となく主食っぽいのもいるかなーと思って棚に入っていたロールパンを二つジップロックに入れて持ってきた。

「学校でケンタ食えるなんて夢だな！」

「緑のものが一つもないね！」

言いながらヨリヨリとセイラがポテトに手を伸ばす。皆でわいわいお弁当を分け合って、途中から通りすがりのナツも参加してチキンにかぶりつきつつ変顔をする大会が始まって、あまりに盛り上がりすぎたのと食べすぎたのでなんかちょっと気持ち悪くなった。

「レナレナママってよく出張するの？」

ナツは私のお弁当の事情を教えるとそう聞いた。

「最近なかったけど、ほらコロナで。でも前はよく行ってたし、これからまた増えるかもね」

「バリバリなんだね」

「バリバリかー。なんかいつもはゆるっと仕事してるけどね」

「いや、バリバリだと思うよ。映画の仕事なんてカッコいいなー」

そうかなあなんか私が知らないような映画ばっか配給してるよと言いながら、自慢したい気持ちもある。でもこの自慢したい欲求に駆られた時、私はママの会社が尾形幸成の映画を配給して、プロモーションで尾形幸成と会ったと聞いた時のことを必ず思い出す。えっすごいすごい！　尾形幸成と会ったの？　なんか話した？　と聞くと、ママは笑って「プロモーションの後皆でご飯行ったから、色々話したよ」と言うから、すごいいーなー尾形幸成とご飯食べるなんてすごい！　と興奮していたら、ママは一緒にご飯を食べていたパパに「何がすごいんだろうね」とまるで私をミーハーでバカな子供だとでも言いたげに鼻で笑って呟いたのだ。パパはクスクス笑って、玲奈は尾形幸成が好きなの？　と聞くから、何だか本当にもうこの家の人たちってどうしてこんな感じなんだろうと思って「別に！」と怒りを露わにした。

「すごい人に会ってたらすごいじゃん！　別にすごいって言ったっていいじゃん！」

「尾形幸成の何がすごいの？」

「有名じゃん！」

「有名な人が皆すごい人だったら世の中はもう少し単純なのにね」

ママがなんかかわいそうにみたいなテンションで言うから、はあ？　と思いつつこんな話の通じない家族たちと暮らす悲しみに打ちひしがれた。でもママがそういう人だから、私はこれまで何かを安易に友達に自慢したくなってもその気持ちを押しとどめてこれたとも言える。

「私もさ、なんかキャリアウーマンになりたいんだよね！」

ヨリヨリが言って、キャリアウーマンって何だよーと笑う。

「なんか分かんないけど、めっちゃ仕事できますみたいな感じの、てかスーツ着たい！」

「じゃあ勉強してよー。まじ皆で高校上がろうよー。私まじでヨリヨリと離れたくないんだよー」

抱きついて言うと、よしよしとヨリヨリが頭を撫でる。その様子を見ていたセイラが、ヨリコ進学危ないの？　と聞いて、危ないんだよーとヨリヨリが笑う。なんかそのおどけたヨリヨリの表情を見て初めて、あーヨリヨリは全然何とも思ってないわけじゃないのかもしれないなーと思った。いつもあっけらかんとしてて、先生に進級できないかもよとか、あれこれ警告されつつ、いつもだからなにって感じの態度を取ってたヨリヨリだったけど本当は少しは気にしてたのかもしれないし、もしかしたら勉強だってそれなりにしてたのかもしれない。抱きついたまま、ヨリヨリのボブが伸びてセミロングになりかけの髪の先が私の鼻のあたりをくすぐるのを黙って耐えていた。

「レナレナ手に油ついてね？」

「ついてるかもだけどそれが何か？」

「しょうがねーなレナレナは」

言いながら、ヨリヨリは私の頭をわしわし撫でた。そんなことはないと思うけど、もしもヨリヨリがずっと勉強をそれなりに頑張っていて、それでも全然結果が出なくて、部活も休止させられて、その上仲のいい友達らと進学できないかもしれないという現実を突きつけられてるとしたら、そんなことはないと思うけど、もしそうだったら、勉強してよという私の言葉は市中引き回しの刑くらいには値するかもしれない。

「ねーヨリヨリ、今日部活ミーティングだけだから放課後勉強会しようよ」

「は？　何で学校の勉強終わったあと勉強しなきゃいけないんだよ。絶対いや。たい焼き食べいこ」

「分かった。たい焼き食べいこ」

チキンとポテトとパンで身体中の水分が全て吸われたようなパツンパツン感があったけど、そう答えるしかなかった。私とヨリヨリ、それから駅に向かう途中で見つけた一年の頃クラスメイトだったアツギに「たい焼き食べる？」と声をかけて三人で駅向こうにある有名たい焼き屋に行ってつぶあんのたい焼きを食べた。こんなことでいいんだろうかという私の疑問は、ふわふわと立ち上る甘いあんこの香りに包まれている内に消えて、この組み合わせ珍しいし撮ろうぜとなって先生がちょいちょい見回りに来てるらしいっていう噂の駅前のゲームセンターにスパイみたいな感じで入ってプリクラを取って、ロータリーでしばらく話し込んでたらもう夕方で、ヤバいゼンリー見られたらママに怒られるってなって徒歩通学のアツギとバイバイして、電車に乗って途中ヨリヨリが乗り換えで先に降りてバイバイしたら一人になった途端、またこんなことでいいんだろうか、が襲ってきた。何だか、自分たちっていつもこんな感じで、こんな感じを続けてたらいつかちゃんとした人間になるのかなって、何だかもやもやした不安が膜のように体の周りを包んでいた。

まじヤバかった！　まじ素敵すぎる！　ほんと泣けた！　こんな泣いたの久しぶり！　私たちは後半三分の一ほぼ号泣していた映画のどこが泣けたあそこも泣けた話をしながらハンバーガーにかぶりつく。何でか分からないけどママの置いていった三千円が今日の朝にはもう千二百円しかなくて、千円でチケット買うから電車賃とご飯代ちょうだいとパパに千円せびってきた。ちょっといいハンバーガー屋さんに行く予定だからもうちょっと欲しいんだけどと言うと、中学生はちょっといいハンバーガー屋さんじゃなくてマックに行きなさいと嗜《たしな》められ、ナツには申し訳ないけど結局間を取ってモスになった。

「あのお母さんが美月に血が繋がってないって告白するところ。あそこまじ泣けた。レナもあそこで泣いてたよね？　ってかあんなお母さんいたら血とかどうでもいいよね」

「それなー。まじあそこでブワッてした。ほんと夏目莉緒天才じゃない？　まじ涙が止まらなくて焦った！　てか夏目莉緒三十五とか信じらんないまじ綺麗あの顔になりたい！」

「それな！　夏目莉緒二十歳の時より今の方が俄然綺麗説ある。てかゆらちゃんも可愛かったー」

「ゆらりんまじ神がかってた。何あの透明感。あのデートシーン本気でキュンキュンしちゃった」

大きな声も出していないのに、店を出る頃には声が若干嗄れていたくらい喋って、ナツが次門限を破ったらスマホを取り上げるとお母さんに警告されていたから、ちょっと早かったけど駅でバイバイした。帰りの電車で、母娘の話だったからか何となくちょっとママが恋しくなっていま何してるのかなと思ってゼンリーを見たけどいつも通りフリーズにされてた。向こうは居場所隠して私の居場所だけ完全把握っておかしくない？　なにその力関係って憤りながら、この映画を観た感動をママに伝えたらどんな反応をするんだろうと気になる。ママは私が映画に行くというと必ず「恋人が病気で死ぬやつ？」と聞く。今日の話もお母さん病気で死んじゃうし、ママ的には恋人が死ぬよくあるやつと同じくくりになるんだろうか。でも人っていつか死ぬんだし、一番怖いことだし、死について考えたり死について書いたりするのって結構普通かつ大事なことなんじゃないだろうか。

ママは明後日夜まで帰ってこないし、パパに映画の話しようかなと思うけど、なんか昨日の夜冷蔵おかずでご飯を食べながら、なんの流れか忘れたけど「俺が中三の頃は般若心経を暗記してたよ」とマウントなのか何なのか私の馬鹿話の後にされたから、へーと死んだ目で答えたのを思い出して、今日もパパと二人ご飯かーと憂鬱になる。なんか、やっぱりパパはちょっと違うのだ。同級生の男の子たちよりも遠いし、女友達よりもママよりも、例えば伯母とかいとこたちよりも遠い、なんかほとんどのことに関して共感してくれないし、よくふざけたことを言うけどふざけの方向もなんか微妙なのだ。男だから、というよりも、おじさんだから、かな。ふとそう思う。考えてみれば学校の先生でもおじさんであればあるほど共感できないし、それ違くない？　率が高い気がする。

「今タヌキ公園駿《しゅん》といるんやけど玲奈もこん？」

マッキーからＬＩＮＥが入って、ちょっとぶりだなと思いながら「行く行くー。今電車なんだけどあと五駅くらいで着くわ！」と返す。それとほとんど同時に「映画どうだった？」と今日映画行くねーと朝報告していたママから探りのＬＩＮＥが入って、「おもしろかったためっちゃ泣いた！　ママ帰ってきたら色々話すね！」と返信して、なんかめっちゃ泣いたなんて感想のハードル上げちゃったかなと後悔する。

タヌキ公園は小学生の頃皆で遊んでた時、暗くなってきた冬の夕方唐突にイケちゃんが「タヌキだ！」と大声を上げて、何人かが走り去るそのシルエットを発見。東京にもタヌキいるんだ！　と大盛り上がりしてからタヌキ公園と呼んでるけど、その話をしたらママは「それは多分ハクビシンだよ」と私は何でも分かってますみたいな顔で言っていたし、パパも多分ハクビシンだね俺もこの間すぐ表の通りで見たよと同意し「これでしょ」とハクビシンの画像を見せてくれた。いや私見てないから分かんないよと言いながら、『平成狸合戦ぽんぽこ』が好きな私はがっかりしていた。

家の近くではまあまあ大きな公園で、いつも子供たちで溢《あふ》れてるけど、今日はちょっと時間が遅いせいかもう人気はまばらだった。スマホを見ると18:30で、普段は門限七時と言われてるけど、まあママいないしと気が大きくなって、手すりとか滑り台とか綱とかがついてるでかい石山に座るマッキーと駿くんを見つけて「おーい」と手を振る。「おー玲奈！」と駿くんが手を振りかえしたけどマッキーは顔を上げない。

久しぶり何してんのーと覗き込むと『ファインビート』という音ゲーだった。マッキーまじすげーさっき『My story』ハイパーハードでフルコンだったんだぜ！　と駿くんが興奮して言う。ガチ？　と私も反対側から覗き込みコンボ数を伸ばしていくマッキーの手元を見つめる。すご！　パーフェクトばっかじゃんキモ！　と駿くんと盛り上がって、しばらくするとちょっと飽きてきて駿くんとブランコを漕いだ。

「あ、ねえ。最近はま屋どうなの？」

「あー、最近はなんか、コロナなんかなかったみたいにお客さん戻ってきて、大騒ぎして飲んでくよ。親父もおふくろも手のひら返したみたいに上機嫌で、なんかまじ何なんだよって感じ。俺は超安定した仕事に就こって思うわ」

「超安定した仕事ってどんな？」

「ま、公務員とか？」

「公務員て何する仕事？」

「玲奈ってなんか子供みてーなとこあるよな。公務員てのは国とか自治体の仕事だよ。だからリストラとかされねーし、安定した仕事って言われてる」

ふうんと言いながら国の仕事ってなに政治家とか？　と思うけど聞いたらもっとバカにされそうだから聞かない。

「玲奈はなんかないの？　やりたい仕事」

「何だろ。私人と話すの好きだし、なんか人と関わる仕事がいいな」

「ざっくりだな」

「分かんないよ何になりたいかなんて。皆中三でそんな考えてるもんなの？」

「まー玲奈みたいなやつもいれば、高卒で働く組はそれなりに何やるか考えて受験する高校選ぶだろうし、弁護士なりたい奴は今から六法全書とか読んでんじゃね？」

なんとなく私は他の中三に比べてめっちゃ子供なのかもしれないヨリヨリの心配してる場合じゃないのかもしれないと、こんなことでいいのか不安がまた襲ってくる。

「私永遠に中学生でいたいなー」

駿くんは苦笑いをしながらそれなと言う。ブランコを漕ぐ駿くんがあまりにグイングインしててちょっと怖いよ大丈夫？　ひっくり返りそう。と眉を顰《ひそ》めていると、ファインピートを終えたのか石山から走ってきたマッキーが「玲奈いくぞー」と叫んで走ってきた勢いのまま私の背中を押してゆらゆらしてたブランコが飛び上がってぎゃーと声を上げる。心拍数が爆上がりしたけど、飛べ飛べーと声を上げて背中を押し続けるマッキーは、多分私より何も考えてないだろうと思ったらちょっと安心する。

「お、まだいたなー」

声に振り返ると、よっちんが手を振ってて、私たちはおーよっちんー、と声を上げる。まだいるかなって入り口までできたら声が聞こえてすぐ玲奈とマッキーいんの分かったわ。と笑いながらブランコの囲いのポールに腰掛ける。

「よっちん久しぶりじゃね？　最近何してんの？」

「何って勉強部活だよ中学生みんなそうだろ」

マッキーのバカみたいな質問によっちんが気だるそうに答える。今日も部活だったの？と日曜なのに制服なのが気になって聞くと「なんか、四十九日だったかな。親戚の法事」と未だ一度もお葬式に出たことのない私には不可解なことを言う。

「ま、別にそんなよく会う人じゃなかったし。全然アレだけど」

「じゃ親とかも一緒だったの？」

「うん。買い物行くっつーから駅で別れた。あ、てかさ玲奈」

「うん？」

「玲奈のお母さんて、首にちっちゃいタトゥー入ってたよな？」

「……入ってるけど」

「さっきすごく似た人見たんだよ。ずっと電車一緒で、なんかお父さんじゃなさそうな男といたんだけど」

「は？」

いやママ今出張……と言いかけて、口を噤む。もしかして、と思い始めると何となくそんな気がしてならなくなる。

「え、どんな感じだった？」

「黒のロングコート着てたかな。男の方が大きなボストンバッグ持ってて、二個手前の駅で降りたよ。ま似てただけかもだけど」

「玲奈のお母さん今出張中って言ってたよな？　なんか仕事の人と一緒だったんじゃね？」

今ママいなくて天国ーと伝えていた駿くんがフォローするように言うけど、ママは明後日夜まで出張のはずだ。半信半疑のまま、混乱が加速していく。

「や、なんか手繫いでたからカップルかなーって。まあマスクしてたしなんか似てるなって程度だけど……」

「や、まあ言っちゃうけどうちのお母さん不倫してるんだわ。もうずっと。三年とか四年とか。ちょいちょい彼氏んとこ泊まってて家にも週の半分くらいしかいないし、ほんと最悪だよね。まーお母さんのお金で食べてるし学校行かせてもらってるし色々してもらってるし文句言わないけど、でもまじで人としてないわ。まじ浮気とか不倫とかありえない。いや引かないでいいから。私にとってはママが不倫してんのもう全然普通のことになってるし。全然。まじでどうでもいい家族のただの汚点」

言いながら何を言ってるのか分からなくなっていた。私何言ってるんだろう。本当のこと？　本当のことだけど、全然本当のことじゃない。

「そっか、まあ玲奈としては複雑かもしんないけど、お母さんにも色々あるんじゃね？」

駿くんが物分かりのいいことを言ってこの場を収めようとしてくれてる。

「や、ないわ。ないよ。まじ最低。想像してみ？　お母さんが不倫とか、子供からしたらまじ最低だよ。ほんと嫌い。私にまで嘘つくなんて信じらんない」

言いながら声が震えてきて、三人の同級男子の究極困った顔がぼやけて見える。ごめん門限だし帰るわと呟くと、私は立ち上がってベンチに置いてたバッグを手にとって歩き出した。玲奈ごめん俺何も知らなくて、みんなの前で言うべきじゃなかったよな、ごめん。よっちんが追いかけてきて言うけど、「よっちんのせいじゃない。全部ママのせいだよ！」と予想外に大きな声が出てなんか痴話喧嘩してるみたいな変な感じになる。

「なあ俺たち誰にも言わないから、信用してな」

一緒に追いかけてきた駿くんがそう言って、泣くなよと悲しげに私の腕をこづく。泣いてないよと涙を拭いながら少しだけ微笑むと、駿くんとよっちんは無理やり安心したような顔をした。マッキーだけがぼんやりとブランコのそばに突っ立っていて、手を振るとその場で振り返した。二人にまたねと言うと、足を早めてほとんど小走りで家に向かった。一人になった途端涙が溢れて止まらなくなって、エントランスでもエレベーターでも嗚咽《おえつ》しながら肩を震わせ、家に入って靴を放り出すと部屋に入ってようやく思い切り声を上げて泣いた。

何でママはこんなふうに私を苦しめることをするんだろうどうして私がこんな思いをしなきゃいけないんだろうどうして私がこんな惨めで、哀れで、みすぼらしい思いをしなきゃいけないんだろうママのせいで！　って怒りもあったけどママのこと最悪とかないわとかまじ信じらんないとか汚点とか言ったことのショックの方が大きかった。ママのことを罵倒した。汚らしいものを語るみたいに言った。でもああしなきゃ自分が保てなかった。

死ぬほど腹が立ってて、死ぬほど苦しくて、気持ちがぐっちゃぐちゃで、だんだん電車で彼氏と手を繋いでるママが頭に浮かんできて、うわーって恥ずかしくもなって、ママは彼氏といる時私とかパパとかといる時より楽しそうなのかなとか、家にいる時と違って甘えたりはしゃいだりするのかなとか、そういうことも画《え》が浮かんできてまたうわーってなって、なんかよっちんの目で見た記憶がそのまま私に移植されたみたいに私はボストンバッグを持ってもらって電車を降りてくママを目撃して打ちひしがれてるみたいな気分でなんか訳の分からないものに煽られてるみたいに大声で泣き続けた。ママなんか大嫌い！　と声に出して言ってみる。は、私は小学生か。と心の中で突っ込む。いやママのこと好きだよ！　長生きして欲しいし正直ずっと一緒に暮らしたい！　と声に出すと、なんか彼氏といるママが浮かんできて二人に嘲笑われてる気がして怒りが湧いてくる。こんな複雑な気持ちを一度も持たないまま死にたい！　私はそんな初めて抱く切実な欲望に気づく。初めて付き合った彼氏と結婚して子供を作って死ぬまでお互いに一度も浮気をしないままお互いのことが大好きなまま幸せな家庭を築いて死んでいきたい！　と多分みんなが笑うであろう、でも超切実な願いが体を支配してきて震える。私はとにかく「複雑な感情に踊らされて泣いたり怒ったりすることのない人生を送りたい！」のだ。マジで信じらんないマジでママが信じらんないマジで本当にあの人何者？　どうしてこんな気持ちにさせるの？　これていうかどうしてママの不倫で私の気持ちはこんな感じにぐっちゃーってするの？　これって結局ママのことじゃん。ママの人生じゃん。私に関係ないじゃん。こんなのおかしくない？　私の気持ちがイカれてるってこと？　衝動に任せてスマホを手に取ると「ママ！」とママにLINEを入れる。えでもちょっと待ってママは今彼氏と二駅隣のところに一緒にいるんだよねそんな時に私が「ママ！」なんてお子ちゃまみたいなLINE入れてそれが彼氏の目に触れたらなんか笑われるかもしれないし、ていうか私何を言おうとして「ママ！」って言ったの？　まじ意味分かんないこれが思春期ってやつ？　送信取り消ししようかなと思った瞬間既読がついて、ヤバってなってスマホを放り出す。「どうしたの」ってめっちゃ普通の返信が入って、私何が言いたかったんだろう出張って嘘で彼氏と一緒に旅行行ってたのそれとも出張は今日まででついでにとった休みを利用して彼氏と過ごすのそれとも彼氏って会社の人で一緒に出張行ってたのそんで土日仕事した分二人で休暇とって火曜まで過ごすの？　二駅隣に彼氏が住んでんの？　まあママめっちゃ細かく行き来してるから多分近いとこに住んでんだろうなーとは思ってたけど二駅隣って、誰かに例えば私の友達とか友達の親とかに目撃されるかもとかなんかちょっと危機意識働かなかったの？　それとも私は不倫を隠しませんて表明？　みたいなこと？　私はこんなに頭の中がめちゃくちゃになってるのにママが普通の返信を返してきたことに苛々して、怒りと唐突に湧き始めた申し訳なさみたいなものに突き上げられるようにして「オレオ食べたい！」、と本心ではあるけど訳の分からないことを入れてしまう。既読がついたあとしばらくして、「今買ったよ。明日届くって」とテキスト付きで百二十枚バリューパックオレオのAmazon購入履歴画像が送られてきた。ママがママの不倫にキレてる私の望みを叶えようとしてることに、私は自分の気持ちが完全に元に戻らないんじゃないかって思うくらい心がバラバラになっていくのを感じる。ママは私を大切に思ってる。ママは私のことを愛してる。私にはその確信がある。でも同時にこれって虐待じゃないの？　みたいな蔑《ないがし》ろにされてるみたいな惨めさがあるのはどうしてなんだろう。どうして私はママに彼氏がいることを受け入れられないんだろう。こんなに傷ついてしまうんだろう。ヒクヒク言いながら「ありがとう！」と吹き出しのついたパンダのスタンプを送信する。すぐに「どういたしまして」と頭を下げるパンダが送られてくる。そうだ、このスタンプかわいいでしょ買ってとねだって、ママも買いなよママ全然スタンプ持ってないじゃんと私が勧めたのだ。なんかこのスタンプに象徴されるみたいな私とママのこれまでの繋がりとか関係とか経てきた会話とかスキンシップとか、そういうものがあるってだけで私は永遠にママのことを完全に否定することはできないのかもしれないと敗北感に似たものを感じる。

「ほんとごめん。なんか玲奈のお母さんなのか確信なくて思ったことそのまま言っちゃって、皆の前で言ったのまじ考えなしだった。マッキーと駿には誰にも言わないように言っといた。玲奈の気持ちちゃんと考えられなくてごめん。」ってよっちんから、「もし玲奈がなんか話したかったらいつでも聞くし、忘れてって言うなら本気で忘れるから」と駿くんから個チャが入っていた。マッキーからは「またな……」と呟くアニメキャラのスタンプが入っててまじマッキーと思う。ママのことが大嫌いで大好きで、でももし私が別れてよって迫ってママが彼氏と別れたら私は満足なのかなと思ったらそれも多分違うし、でも好きと嫌いをこのまま持て余して暮らすのかなと思ったら辛過ぎた。私は複雑な気持ちが本当に苦手だ。

「玲奈」

パパがノックもなしにドアを開けてベッドに突っ伏してる私に声をかけて、なにと不機嫌な声で言うと「今日ピザでも取ろうか？」と呑気《のんき》の極みみたいなことを言う。

「冷蔵庫にママのご飯いっぱいあんじゃん。ママのご飯でいいよ」

不機嫌の極み声で言ってすぐママのご飯でいいなんて言い方失礼だったなと思い直して振り返ると「ママのご飯がいい！」と言い直す。そう？　とパパは不思議そうな顔をして「そっか」と残念そうにドアを閉めた。なに今の！　私泣き腫らした顔してんのに何で何も聞かないでご飯の話だけするのママがいない間ずっとジャンクフード食べるつもりなのあの人？　何なのパパってそういう機微？　とかそういうの全然ないの？　まじ最悪駿くんもよっちんもまあまあ気使ってくれてんのにパパってまじそういうの皆無じゃん何が般若心経だよお前意味絶対分かってないだろ！　そこまで思って何で私はパパに対して心の中でこれだけ悪態をついても全然罪悪感とかに駆られないんだろうと不思議になる。パパって不思議だ。でもそれ言ったら多分ママの方がもっと不思議なのかもしれない。気がつくと涙は止まってて、私は苛立ちをぶつけるようにバッグを逆さまにして荷物を出してもどかしく紙を剝いでハイチュウを口に放り込む。映画のチケットが目に入って、なんかなんか、まじあんな素敵な母娘の物語観て号泣した後に自分の母娘関係でこんな最低の気分で号泣するなんてと悔しくなる。もう全てが嫌になってイヤホンを掴み取るとぐっと耳に押し込みSpotifyをタップしてランダム再生するとアナロギストの『Thank you』という母の日に公開された母への感謝を歌った曲が流れて、声にならない叫びをあげてイヤホンを投げ捨てた。

珍しいね。せっかくユリがいないんだから好きなもの食べまくっていいのに。パパが炊けたばかりのご飯をよそいながらあっけらかんとそんなことを言うのを聞きながら、私は取り皿とお箸を用意する。

「えてか何でクラゲときゅうりのサラダあったためたの？」

「ああ、サラダだった？　なにが入ってるか分からなくてまとめてあっためちゃったよ。まああったかくても美味しいよ」

美味しいわけないじゃんクラゲときゅうりだよ？　それに何が入ってるか中見れば分かんじゃん、私これ大好きなのに台無しだよといつもだったらしないレベルの険しい言い方をして、そんな言い方をしている自分に嫌悪感を抱く。結局、私は誰とも争いを起こしたくないのだ。誰かとツンケンするのが、本当に嫌で嫌で、そんな状態で生きてくなら死んだ方がましってくらい嫌なのだ。まあパパは私の声が聞こえていないかのようにノーダメージな感じだったけど。あたたまったサラダ、回鍋肉《ホイコーロー》、きんぴらの入ったタッパーを前に、いただきますと小さな声を上げる。

「寝てたの？」

ようやく私の泣き腫らした目に気づいたのかお門違いなことを聞くパパにイラッとしながら、「寝てない」と答える。てか、私がいつ帰ってきたのかとかそういうこともこの人は知らないんだろう。パパは全然私のことを把握してないのだ。何歳だっけとか、英検準二級取ってるの？　すごいなあ、ってもう六回は言われたし、こないだなんか玲奈は百五十センチくらいだよねと言われて、「は？　百五十九だし！」と声を上げた。ママなんか私のブラのサイズもお腹の空き具合も、生理周期だって何となく把握していてくれてお腹の痛みに呻《うめ》いただけで鎮痛剤を出してくれるっていうのに、パパは私が小学五年生と言ったって信じるかもしれない！

「なんか今日は機嫌が悪いね」

「悪くないし」

被せ気味に言った言葉に、パパは苦笑する。

「ほら美味しくない。きゅうりがあったかいとかあり得ないよ」

「中華料理にはきゅうりの炒め物普通にあるよ」

「私は嫌なの」

「温かいきゅうりの料理がないって玲奈が思い込んでるから美味しく感じられないんだよ」

「いや、これ酸っぱい系の味付けじゃん。酸っぱいサラダチンしたら美味しくないの当たり前だよ」

「でももうあったまっちゃったんだから仕方ないじゃん。お酢足すとか、ラー油で味変えるとかしてみたら？」

いいと強めに答えて、回鍋肉に手を伸ばす。いつものママの味だ。不倫してるママの手で作られた回鍋肉は不倫が始まる前の味と変わらない。でも関西に行くと私に嘘をついて、すぐ二駅隣のところで今彼氏と一緒にいるママの作った回鍋肉だ。そんなの嫌だ。どんなに美味しくても私はそんなの、めちゃくちゃ嫌だ。

「ママは本当に出張してるの？」

パパは突拍子もないことを聞かれたような顔で私を見つめ、どうして？と聞き返した。私には関西に行くと言っておいて、パパには彼氏と旅行に行くとか出張の後彼氏のとこに泊まってくるとか、本当のことを話してる可能性もあるかなと思ったけど、そんなふうに考えた自分はちょっと浅はかだったかもしれないとパパの顔を見て思い直す。

「なんか、国内にしてはちょっと長いなって。彼氏のとこかなってちょっと思って」

「まあ、出張先で彼氏と落ち合って旅行してたりとか、出張帰りに彼氏のところ泊まったりとか、そういうことはするかもね」

「パパってどうしてそんな普通なの？」

「しょうがないよ。ユリと結婚したからね」

「離婚とか、考えないの？」

「離婚はしないって約束したの、覚えてない？」

「覚えてるけど……」

　小学五年生か六年生か、とにかく私が受験勉強で死ぬほど忙しかった頃、ママとパパが毎日喧嘩をしていて、離婚するのかなってずっと怖くてママがいない時にパパにどうして喧嘩をしてるのか、ママの浮気相手はどんな人なのか、離婚するのか、したら私はどうなるのかと何度も聞いていた。そしてパパは大丈夫だよ離婚しないからと当たり前のように言ったのだ。

「約束したからパパはママと離婚しないの？」

「そういう訳じゃないけど、それもなくはないんじゃないかな」

「何それ。私は離婚は嫌だけど、私のために二人が離婚できなくて自分の幸せ諦めちゃうのも嫌だよ」

「人の幸せは一つの要素によって得られるものじゃないんだよ。別にユリだって、彼氏がいればそれでいい、全てを捨てて彼の元に行きたいって思ってる訳じゃない。恋愛するなら仕事を辞めなきゃいけないなんてことはないように、恋愛するなら離婚しなきゃいけないってことでもない。それは両立できるものだし、両立させる必要に駆られることもある」

「何それ。私はそんな好きな人いたことないからよく分かんないけど、多分好きな人が他の人のこと好きになったら嫌。苦しいし、殺してやりたくなる」

「俺だって最初は本気で殺してやろうと思ったよ」

「だよね？　じゃどうしてママの不倫許してるの」

「現代では人が人を所有することはできないんだよ。ユリはその所有不可能性を具現化した存在とも言えるかもね」

「何それ意味分かんない。所有するしないってことじゃなくてさ、結婚してたら別の人とは恋愛しない。そういうもんじゃん」

「俺は常々、世間っていうものに嫌気が差してたんだよ。世間て分かる？　今なんかでいうと、マスクつけてない人とか叩かれるよね？　まあそういう、こうでなきゃいけないっていう圧力って、玲奈も感じたことあるでしょ。そういうつまらないものに縛られてる人間を見るだけで俺は気分が悪くなる。俺はだから、ユリの不倫に対して論理的には同意してる。つまらないものに縛られて生きてくよりも、感情とか身体的な欲求に突き動かされて今あるものをめちゃくちゃに掻き壊していくユリの生き方に共感してるとも言える。世間的なものに迎合しない彼女と暮らしてると、現実を生きてるって実感が得られる」

「現実を生きてるって実感するために、ママの自分勝手な生き方を許して、ずっと離婚しないままでパパは大丈夫なの？」

「ユリは今の彼と付き合い始めた頃離婚したいって迫ってきたけど、この人が好きだから離婚してくださいっていうのは恋愛至上主義が過ぎるし、それはそれで浅いと思う。俺は、例えばお互い別に好きな人がいたとしても家庭っていうものは趣味や仕事と同じように問題なく継続できると思う。当時そういうことをユリにも説明した」

「離婚を嫌がった私のために？」

「それもあるけど、それだけじゃないよ。実際に、ユリは俺の言うことに同意したし、それ以来誰かが大きく傷つくような事件は起きてない。世間に迎合するのは間違ってるけど、身近な人を傷つけて人生を振り回してでもこれが欲しいって自分本位な欲望を振りかざすのも間違ってるからね。まあ、玲奈と俺とユリと、誰も大きく傷つかないってなった時に、離婚は発生するのかもしれないね」

「それっていつくらいかな？」

「それはまだ分からないよ」

「私は二人が望むなら離婚を受け入れるよ。二人がその方がいいと思うんならそれでいい。それでパパと暮らす。ママのところには、土日とかに行こうかな。そしたらそんなに悲しくないと思う。ちょっと悲しいかもしれないけど、大きく傷つくってほどじゃないと思う」

言葉と裏腹に、言いながら涙が流れていく。恐ろしいほど悲しかった。どうしてミナミは、あんなに冷静に親が離婚することを受け入れられたんだろう。きっと私はミナミの苦しみを一ミリくらいしか理解できてないんだろうと痛感して急に謝りたくなった。袖で涙を拭って鼻を啜《すす》っていると、めちゃくちゃご飯が不味《まず》くなって余計に悲しくなる。私は全然パパみたいに考えられない。言葉で考えて言葉で理解して言葉で納得することができない。体が、ママの不倫を、ママとパパの離婚を嫌がる。ママとパパが愛し合ってないことを、体が悲しんでる。

「どうしてママはパパじゃダメだったの？」

「俺とユリは恋愛に求めるものが違ったってことだよ。ユリがそのことに苦しんでるのを知ってたから、仕方ないって思ったところもあった」

「知ってたならどうしてママが求めるものに応えなかったの？」

「玲奈だって裸で逆立ちして世界一周してって言われてもできないだろ」

「ママがそんなこと求める訳ないじゃん」

「人には簡単にできることが自分にはどうしてもできないこと、玲奈にもあるでしょ。逆上がりとかさ」

確かに、私は逆上がりができない。小学生の頃、確か二年生くらいの頃いいかげん私もできるようになりたいと思ってめちゃくちゃ練習したけど、補助具とか誰かの支えなしでは一度もできなかった。玲奈がどうしても逆上がりできなくて、でもどうしてもできるようになりたいみたいで、とママが困った様子でパパに相談して、近所の公園に三人で出かけたことがあった。パパもママも必死にこうしてああしてと口でも体でも説明してくれたけど、全然できなくて、手にマメができてもできなくて、逆上がりができないことは全然悪いことじゃないんだよと説得され、何か美味しいもの食べて帰ろうと近所の焼き鳥屋に寄って帰ったことがあった。あの時も、ママは求めるものが手に入らないことに苦しんでいたんだろうか。あの時も、ママは誰かと不倫していたんだろうか。パパと逆上がりの練習に付き合いながら、私のひどいフォームに苦笑しながら、お腹空いたでしょと私の背中を撫でながら、苦しんでいたんだろうか。

ティッシュを取るとゴシゴシ目を拭いて、鼻をかんだ。立て続けにもう一枚引き抜き鼻をかむ。こんな気持ちにさせるなんてママはひどい。もしかしたら一思いにさっさと離婚してくれてた方が楽だったんじゃないかなとも思うけど、やっぱり私は何でかママとパパが離婚すると思うと涙が出るのだ。あの時、ママとパパが毎日喧嘩をして家がめちゃくちゃだった時、離婚はしないというパパの約束が、自分に残されたたった一つの希望のように感じられたのは事実なのだ。それだけで体が何かに包まれたように、安心して眠れたのだ。なんかパパって何なのみたいに腹が立ってたけど、なんかやっぱりまあ一応パパなのかなって感じがしてちょっとだけ申し訳なさを感じたから、なんかデザートが食べたいなと唐突に糖分を欲するパパにハイチュウあるからあげるよと言ったら俺はハイチュウをもう二十年以上食べてないんだ詰め物が取れるからねと自慢なのかなんなのかとにかく豪語された。

部活を終えた私は、慌てて着替えをすると走って学校を後にする。電車で三駅。ずっとミナミの悲壮感漂うＬＩＮＥを見返し、そわそわしていた。駅から走って商店街の奥の方にあるマックに到着すると、お財布に全然お金がなくてびっくりしながらオレンジジュースSを買って階段を上る。

「レナレナ！」

振り返ると部活がないからと先に来ていたヨリヨリが手を振っていて、私は息を切らしたまま二人の向かいに座る。

「どうしたのミナミ。心配したよ。何があったの？」

「それがさ、なんかちょっとお母さんに彼氏っていうか、その彼氏候補のことがバレて怒られたみたいで」

「怒られたなんてもんじゃないよ。罵倒、人格否定だよ。お母さんは私のこと、最低な人間だと思ってる」

ヨリヨリの声を遮るようにミナミが言って、私は二人の言葉に全部うんうんと頷き返す。

「ちょっと二周目になっちゃうしごめんだけど最初から説明して」

「昨日私のスマホの通知に気づいたお母さんが誰なのこれって聞いてきて、さとくんからのLINEで、またデートしようねっていう内容だったからお母さんにまだ付き合ってないけど付き合いたいって言ってきてる男の子だって言ったら、アメリカにいる彼氏、エリックっていうんだけど、エリックとは別れたのかって聞いてきて、まだ別れてないっていうか連絡自体そんなにとってないって言ったら、二股するつもりなのかってめちゃくちゃキレ始めて、そんなひどい人間だと思わなかったこの年になってケジメもつけられないのかって罵倒されて、このさとくんには彼氏がいること言ってあるのかとか、言ってないなら詐欺師だとか、人の気持ちを考えろ自分勝手すぎる無責任すぎるって、深夜までだよ？延々説教。終《しま》いにはお母さんが泣き始めちゃって。私だって悩んでるし、ずっとどうしたらいいのか分かんなくてずっと考えてる。これまでもたくさん一人で泣いてきた。エリックともちゃんと話したい。でもなんて切り出したらいいのか分かんなくて、これまでのこととか思い出してずっと泣いてる。でもお母さんからしたら、私に泣く資格なんてないんだよ。私は詐欺師で、最低な人間だから！　私だって本当はこんな状況になりたくなかった。私だって苦しいのに！」

「それって、お母さんが今お父さんとうまくいってないから、そんな反応したのかな？」

「……多分。お母さんとお父さん、離婚すること決めてるから。入国後の隔離規制がなくなったら、お父さんが日本にきて、正式に離婚するんだって。お父さんはもう私たちと暮らしてた部屋から引っ越して、私たちの荷物はこっちに全部送ってきたし、もう一人暮らししてる。二人とも話し合って決めたって、お母さんからもお父さんからもちゃんと説明されたし。私は二人の選択を尊重して、何一つ文句言わなかったのに、お母さんは私の恋愛に口出しして、私を全否定した」

「ミナミは何も悪くないよ。そんなの、揺れ動くの仕方ないじゃん。ミナミだっていきなり日本にきて辛かっただろうし、帰国後に入った学校は学級崩壊しててさ、二回も転校してさ、帰国だし国語とか社会ついていくの大変だっただろうにめっちゃがんばって期末もいい点取ってさ、親が喧嘩してたり離婚に向かってく中で気持ちも辛かっただろうし、そんな中で、さとくんは近くで支えてくれる人だったわけでしょ？　そこで気持ちが惹かれて、後戻りできなくなっちゃったこと誰も責められないよ」

ちょっと過剰な勢いで話す私を見てちょっと引いた顔をしてたミナミは段々顔を歪め始めて、目を赤くして口をへの字にした。私は絶対的な味方だと伝えたくて、テーブルの上のミナミの手を握る。

「最低なんかじゃないよ。ミナミは今ある環境で幸せに生きようとしてるだけじゃん。お母さんも今ちょっと感情的になってるだけで、ミナミの幸せを望んでるはずだよ。エリックに話すのだって、自分のペースでいいよ。人のこと大切にするのも大事だけど、私はミナミに、ミナミの気持ちを一番に大切にして欲しい」

涙を流すミナミの背中を、ヨリヨリが上下にさする。私もミナミの手を握る手に力をこめる。私もミナミが最低だなんて思わないよ。こんなに優しくて周りの皆を幸せにできる子他にいないよ。ヨリヨリがミナミに顔を近づけて言うと、ミナミが恥ずかしそうに笑った。

「ミナミがどんな恋愛をしても、私たちはミナミの味方だよ」

この世にどんな恋愛があるのか、よく知りもしないのにそんなことを言うのは浅はかだろうか。でも、今打ちのめされているミナミにはこの言葉が必要だと思った。ママには自分の恋愛を、こんな風に応援してくれる友達はいるんだろうか。それとも大人になったら、誰も応援なんてしてくれなくても、人を傷つける恋愛ができるんだろうか。そこまで考えて、出張前青白い顔をしていたママの姿が蘇る。そう言えば、この出張が終わったら少し仕事が楽になると言っていた。ママは今彼氏と一緒にいて、これから先また仕事や家庭のために働くための充電をしているのかもしれない。その生きるために必要な力は、私とパパという構成員でできた家庭からは得られない、あるいはそれだけでは足りないのかもしれない。これまで一度も考えたことがなかったけど、ママと彼氏がどんな風にお互いを大切にしているのかを知ったら、私はママとパパの離婚が少し怖くなくなるのかもしれないと思った。

三人でマックを出ると、私たちは商店街を出て、来たのとは別ルートで駅に向かう。商店街から一歩出ると完全に住宅街で、六時近い冬の東京は真っ暗でもう普通に寒い。ブラとヒートテックの上にワイシャツ、の上に学校指定のニット、の上にブレザー、の上にダウンジャケットを着てるけど足元が寒くてそろそろタイツだなと思う。

「お、バスケの音がする」

ヨリヨリは唐突にそう言って脇道に逸れていく。ダスダスダスとドリブルの音が聞こえてきて私も「え、何この辺バスケコートあるの？」と言いながらヨリヨリについていく。こんなとこにあるのかな、私家向こう側だから知らないけど。とミナミも不思議そうな顔をする。すぐに公園が見えてきて、その中で街灯に照らされたバスケットゴールとプレーしている三人組を見つける。

「おー、すげーいい公園じゃん！　今度ボール持って来ようよ」

ヨリヨリが声を上げ、私は思わず走り出す。ちょっとレナレナ！と言うヨリヨリに振り返ってやろうよと上向けた両手を来い来いとパタパタさせる。

「は？　ボールないし」

「入れてもらお！」

何あのコミュ力モンスター。ヨリヨリの言葉が届いたけど構わず駆けていく。一緒に3オン3しませんか！　私の言葉に、私服姿の多分中学生か高校生の女の子三人組はちょっと驚いた顔をしつつ「いいよ！」とポニーテールの子が笑顔で答えてくれた。早く早くとヨリヨリとミナミを急《せ》かし、私バスケ授業でしかやったことないんだけどと渋るミナミの背中を「適当でいいんだよ」と平手で叩き、私たちはめちゃくちゃ激しい3オン3を始める。バッチコーイ！　ドンマーイ！　人気が少なくなり始めた公園に掛け声が響き渡り、私たちはあちいあちい言いながら次々上着とブレザーを脱ぎ捨て次々シュートを外し、次々シュートを決めていく。

「ヤバいめっちゃ楽しい！　やっぱバスケ好きだわー」

「だったら早く戻ってきてよー」

「鋭意学力爆上げ中です」

「エイイってなに」

「こんなバカなレナレナに学力で劣ってるってどういうこと？」

息を切らしながらヨリヨリとそんな話をしているとミナミが笑う。私たちは結構いい勝負をして、なんかどっちが勝ったとかどうとかじゃなくて六人皆へとへとになるまでバスケをすると、コートに座り込んでどこ中なのとかえそれって結構バスケ強い中学だよねとか、いつもここでやってるのやってるなら私たちまた来るねとかLINEグループ作ろうよとか言い合って「神バスケ部」というグループを作って、何となく別れるのが寂しくなって六人で円陣を組んで「ウィーン！」と叫んでからバイバイした。

ヤバ、お母さんから鬼電、あ私もLINEきてる、もうご飯だって、と次々スマホを見ては慌て始めるヨリヨリとミナミにちょっとビビって私もスマホを見ると「どうして初台にいるの？　ミナミちゃんと一緒？」「LINE見たら電話しなさい」と二通LINEが、着信が一件入っていた。今日はママが帰ってくる日だ。何が食べたいかと昨日の夜聞かれて、「ペペロンチーノ」と返して「またか」と呆れられていた。「ごめんミナミとヨリヨリと遊んでた今から帰る」と返信するとすぐに既読がついてこわっと思ってLINEを落とした。

駅の手前でミナミと別れて、電車に乗って数駅したところで乗り換えるヨリヨリと別れた。とうとう一人になった私はママからの「部活のあと遊びに行ってたの？　門限は七時だよ。事情があって遅くなる場合は必ず事前に連絡しなさい」というLINEにちょっと悩んだあと「ごめ」と返す。「駅に着いたらLINEして。パスタ茹で始めるから」というLINEに「おけ。お腹空いてるから二人前茹でて」と返す。充電されたママは、あの幽霊みたいだった顔を少しは柔らかくしているだろうか。それで、たくさんご飯を作って待っているのだろうか。出張から帰ってくるとママはいつも、私が断食していたとでも思ってるんだろうかと疑うくらいごちそうを作るのだ。おかずの並んだ食卓を想像したらめちゃくちゃ大きくお腹が鳴って、隣の人がクスッと笑ったのが分かった。ここから始まる恋愛とか……と思って顔を上げたらお腹空いたの？　とおばあさんが微笑んでいた。がっかりしながら、お腹空きましたと脱力するように呟くと、おばあちゃんはバッグを漁って飴《あめ》をくれた。人からもらったものを食べちゃだめ、と何度も言われてきたママの言葉が蘇るけど、知らね、と思って口に放り込んだ。

世界に散りゆく無法者ども

はよー。おはよー。おは！　はよ！　色んな高さの声が響くクラスの中を自分もはよはよ言いながら練り歩き、ペンケース教科書類をどさっと机に置き、スマホをポケットに入れる。校内でのスマホ禁止、使っているのを見つかったらワンアウトで保護者に電話連絡がいくルールのため、中学の頃は割と皆きっちり学校にいる間はロッカーに入れていたけど、中三くらいから緩み始めて、高校に上がった頃にはほぼ皆がポケットや机の中に隠し持つようになった。何となく先生たちの間にも「まあ隠し持ってんでしょ」の認識が定着しているような気がする。学年を重ねるごとに少しずつ緩くなるなら、何でこんな規則最初から作るんだろう。

染毛禁止とか化粧禁止とかスカートの長さ云々《うんぬん》とか買い食い禁止とか意味不明な校則がたくさんあって、ダルいけどまあ仕方ないかと適当に流してたけど、最近流せなくなってきた。この話をママにしたら、玲奈《れいな》は体制的なものにあまりに無関心かつ従順過ぎやしないかと心配していたんだよ。とナチュラルにディスられ、じゃあ校則の意義を追求して問題提起するムーブメントを起こしたらいい、と応援してくれて、学生たちが差別や学内の階級制度と戦う系の映画をいくつか紹介してくれてテンションが上がったけど、観ているうちに「まあここまでは戦えないな」と逆に諦めさせられた形になった。

「レナレナおはー」

言いながら斜め後ろの席に座ったパスコを振り返っておはーと返す。

「ねえ今度の単元テストって三角関数だっけ？」

「多分そう。昨日ノッチに範囲一覧送ってもらったけど送ろうか」

「あ、お願いー。ってか、レナレナ最近ヨリヨリと連絡とってる？」

「先週会ったよ。ちらっと話しただけだけど。連絡取れない？」

「なんか二週間くらい音沙汰なくて。こっちも別に意味あること入れてるわけじゃないからいいんだけどさ。どうしてるかなーって」

「ヨリヨリ夏休みからバイト始めてさ。最近放課後ほぼ毎日十時までバイト。土日も入れてたりするみたいだし忙しいのかも」

「えーヨリヨリの学校バイトＯＫなの？　羨ましすぎる！」

「でもあんだけバイトしてたら遊ぶ暇もないだろうし、何であんながむしゃらにバイトしてんだろって思わなくもないけどね」

私だってバイト解禁されたらめちゃくちゃバイトしちゃうよそれでケーキバイキングとか、ディズニー年パス買っちゃうかも。と夢見るように言うパスコにそれなと相槌をうつ。高校生になったタイミングでお小遣いの増額交渉をしたけど、渋いママは二千円アップの五千円が限度だと譲らなかった。ディズニーは年四回までと決められてるし、映画とライブと交通費は無制限だけど、ご飯代は月四回までで、この間アフタヌーンティーに誘われてご飯一回分使って行くねとコース内容のスクショを送ったら「高一がホテルの五千五百円のアフタヌーンティーを嗜むなんて場違いも甚だしい。一回のご飯代は二千円までと決まってるんだからご飯代三回分使うなら五千五百円出してもいい」とあまりにも悲しい条件を突きつけられた。一日一万五千円するフェスのチケットは私が迷ってたらいいよ行きなって出してくれたのに？　そんなのただのママの価値観ジャッジじゃん。って思ってパパに頼みに行ったら「ラーメン二郎だったら出してもいいよ」とやっぱりパパの価値観ジャッジをされた。結局二回分のご飯チャンスを利用して、千五百円は自腹で行くことにしたけど、あまりにケチ臭くないかと愚痴っていたら、二年前お父さんのリストラで公立に転校して、しっかり都立高校に進学したミナミに「私立の学校行かせてもらってるんだから文句言わない」と窘《たしな》められ、学力的な問題で別の学校への進学を勧められ四月から私服ほぼ校則なしの緩め高校に入学したヨリヨリには「私が四時間労働したって五千五百円は稼げないぞ」と呆れられた。その時ばかりは確かにと思ったしお母さんごめんなさいと思ったけど、皆の親はこんなに緩いのにどうして私ばっかりというやりきれなさは残った。

ミナミとヨリヨリが別の学校に散って、この間は近所のコンビニでバイトをしていた、いつも相談に乗ってくれてたお姉さん的存在のイーイーも中国に帰ってしまった。悲しくて仕方なくて、本帰国を聞かされてからは私たちが仲良くなったきっかけでもある領土拡大ゲーム『ゲリラファーム』をやってても泣いてしまうほどで、カラッとした性格のイーイーは呆れていた。

「じゃあ今度はレナレナが遊びにおいでよ。まずは家族で旅行に来たらいいよ。そしたら中国が好きになって、今度はレナレナが中国に留学するかも！」

「楽しそう！　そしたら私中国のコンビニでバイトしよっかな！」

「そしたら私毎日通うよ！　私の家の近くのコンビニにして」

なんてきゃっきゃと二人で画面共有して話しながら、イーイーの住む広州《こうしゅう》の街並みや大学を調べたりしてる内に寂しさは紛れたけど、実際にイーイーがスーツケースを引っ張って羽田に向かうのを大泣きしながら最寄り駅で見送った早朝、あまりにも心の中が真っ暗で、帰りにお腹が空いてチキンでも買って帰るかとコンビニに寄って、もうここのカウンターの中からイーイーが「レナレナおかえり！」と手を振ってくれることはないのかと思ったら入店した瞬間にだーっと滝のように涙が溢れ出して、その場に立ち尽くして泣いてしまった。

「大丈夫？　イーイー見送ったの？」

このコンビニでよく顔を合わせていたイーイーのバイト仲間のヨウさんが声をかけてくれて、私もイーイーがいなくなるの寂しいよと頭を撫でてくれた。別に離れたってSkypeもDiscordもＬＩＮＥもスナチャもあるし、何が寂しいのかよく分からない。昔はそう思っていた。でも小学生の頃夏休みのたびアメリカのいとこたちの家に遊びに行ったりして、そこでしっかりいろんな人と仲良くなった後、帰国してしばらくは頻繁にやりとりをしていても距離が離れればやっぱり連絡も途絶えていって、どんどん遠い人になっていって、そんでコロナみたいなもので強制的に遠くなっちゃったりすることもあるんだってこの三年で思い知って、そういうあれこれを経験して、私は初めて人との別れとか人との距離みたいなものがどっと怖くなってしまった。

今年の夏、三年ぶりにママの姉一家が日本に一時帰国した時、ママの実家で皆で出迎えることになって、いとこたちに会えるのがガチで嬉しくてわくわくして行ったけど、実家に帰ってきた伯母がおじいちゃんを見つけた瞬間ものすごい勢いで抱きついて、二人ともギュッとハグしたまま動かなくて大丈夫かなと思った瞬間あ二人とも泣いてるんだって気がついて、そしたら私もめちゃくちゃ何か、自分の中に溜め込んでたものがあったみたいなダムの決壊みたいなかんじになってわーっといろんな感情が溢れてきて、えっそんな溜め込んでたものあったっけ？　って驚きながらそこにいたいとこたちをまとめて抱きしめて泣いたら二人も泣いて、ほんとコロナってまじなんなの私たちのことこんな気持ちにさせるってまじ何者そんなことあっていいのちょっとえぐすぎん？　ってなって、おばあちゃんとか伯父さんとかも一緒になってグスグス泣いて、っていう経験がちょっとトラウマになるくらい私は辛かった。私は激しい悲しみとか怒りとか憤りとかに振り回されるのがものすごく苦手なのだ。

でも泣いている姉と父親を見つめながら、ママだけが蟻《アリ》が飴に群がる様子を眺めるような、「無意味な時間」と思っているかのような憂鬱と退屈が混ざったような表情でビールを傾けていたのもまた、私にちょっとしたトラウマ的なものを植え付けた。その後、気を持ち直した感じの伯母が「ユリ！」と両手を広げると、「おかえり」と抱きしめ返していたけど、なんなんだよその取り乱さなさ、と思ってしまった。ママは私以上に感情的なやりとりが苦手、というよりも嫌悪していて、もしかしたら言葉のコミュニケーションにしか意味がないと思っているのかもしれない。

二週間くらい前に離婚の話を持ちかけてきた時も、ママは全く感情を表には出さなかった。そろそろ離婚するけど私と私の彼氏と暮らすか、奏斗《かなと》と暮らすか、三人で今のまま暮らし続けるかだったらどれがいい？　と唐突に三択を突きつけられて面食らって、え三人で暮らし続ける選択肢あるの？　と聞いたら、玲奈が高校を卒業して家を出るまで三人で暮らす手もなくはないかなと思って、とママは平然と言った。

「え、三人で暮らし続ける選択をした場合、今と何が変わるの？」

「奏斗の戸籍に入ったら苗字は変わらず森山《もりやま》。私の戸籍に入った場合苗字は嘉島《かしま》になる。私は離婚をしたら彼氏と結婚するけど、彼氏の苗字にはしない。だから、玲奈にとっては森山か嘉島かという選択が一番大きいんじゃないかな。ちなみに親権は私が持つつもり。玲奈の口座とか、大学に向けた学資管理は私が担ってきたからその方がいいだろうと思って」

「つまりどっちの苗字にするか選べるってだけ？」

「そうだね。奏斗と話し合って、離婚によって一番影響を受ける玲奈に意見を聞こうってことになった。もう高校生だし自分の意見を言えるだろうって思ったから相談してる」

確かにミナミなんかがこの選択を突きつけられたらストレスで死んでしまいそうだし、ヨリヨリだったらキレそうだけど、私は割と冷静だった。小学生の頃も中学生の頃も二人が離婚することを悲しいと感じてたけど、最近はそれもまあ仕方ない時の流れってやつなのかなと思えるようになってきた。考えてみれば、私が小学生の頃からということはママと彼氏はもう少なくとも四年くらいは付き合ってるわけで、私の方にもまあまあ慣れがきたのだろう。

「じゃ今のまま三人で暮らそうよ。別にママも彼氏もそれでいいんだよね？　泣いたりしないよね？」

「平気。今も半々で暮らしてるし、あと二年半くらいだしね」

「じゃそうしよ。私高校卒業したらちゃんと出ていくから、それまで一緒にいよ。で、卒業したら私が出て行って解散でいいよ」

「高校卒業をもって森山家解散、って、なんか暴走族みたいでいいかもね。じゃあこれからまた進展があったら伝えるよ。玲奈もどっちの苗字がいいか、決めたら教えて」

ママはすっきりしたような顔でそう言った。もちろんママとパパに仲良くしてもらってるのが一番だけど、そういうわけにもいかないんだなってことは、少しずつ納得してきたことだ。もちろん悲しい。悲しいけど、その悲しみがもう、風に吹かれて波に打たれて、干物みたいになってしまった感じだ。ここまで我慢してくれたパパとママに、おつかれ、という気持ちすらある。

ミナミとヨリヨリと三人でこの学校でわちゃわちゃしてた時のことが懐かしい。帰り道イーイーのいるコンビニに行って買い食いしたり、休憩時間のイーイーと神社の境内に座り込んで話してたことも懐かしい。ママとパパと三人でお出かけとかしてた小さかった頃も懐かしい。まあ別になくても平気。友達はいっぱいいる。インスタのフォロワーも友達と友達の友達で八百人くらいいる。でも実際、そういう私を支えてくれてたコミュニティがなくなっていくことに割り切れないものは感じてて、悲しいけど、もうそれにわーわー文句を言える年ではなくなってしまったのかもしれない。

「ヨリヨリって元々私にちょっと塩かったんだよなーレナレナがいたから仲良くできてたけど……」

パスコが言うのを聞きながら、なんとなく虚無って教室の天井を見上げる。

「ヨリヨリってあんな性格だけど大人数だとめっちゃ大人しいし、実は意外と自分から友達作ったりできない系なんだよねー」

見上げたまま言うと上からぐいっとカナが覗き込んできてわっと驚く。

「玲奈おは。今日大丈夫だよね？」

「あーだいじょぶだいじょぶ。放課後そのまま行く感じだよね？」

「うん。タニナカも今日は部活サボるって」

「おけ。あ、ちな文化祭の申請どうなった？」

「あ、タニナカが申請したってよ。普通に通るだろうって」

まじか！　と声を上げると、カナはニッと意志ある微笑みを浮かべて「じゃね」と1−Cを出ていった。人との別れとか、コミュニティがなくなったりとかはめっちゃ寂しいけど、もうこの世界で生きてくしかないわけだから、結局新しいことを始めるしかない！ってことを私は高一にして思い知ったのかもしれなくて、それは案外いいタイミングだったのかもしれないとも思うのだ。


精一杯手首にスナップを利かせてピックを上下に動かす。まだ四曲しか弾《ひ》いてないのに手首がおかしくなりそうだった。このままブチッと千切れて手がゴロンと落ちてしまいそうだ。そして左手も激しい動きと無理めなフォームが続いて攣《つ》りそうだ。歌を歌いながら正確に弦を押さえて正確に弦を弾くタニナカが超人に見える。後ろから聞こえてくるドラムもちょっとどうしたらそんなに色々ある太鼓とかシンバル使い分けられるの？　って感じで、焦りのせいで余計に自分の攣りそうそして落ちそうな手がもつれていく。YouTubeで参考にさせてもらってる参考にならないくらい高レベルなベーシストのヒロシさんも「ベースは乳酸との戦いだ」と言っていたし、バスケで鍛えてきた筋肉が全く通用しないタイプの筋肉疲労が蓄積されていて、もう今晩はまともに箸や鉛筆が持てないだろうと分かる。とうとうラスサビの途中で弦を押さえる力が弱まり間抜けな感じで音が外れる。ほとんどスポ根ものの主人公気分で自分の指を奮い立たせて弦に突き立て、手首にスナップを利かせる。ようやくアウトロが訪れて一番気持ちいいべベベーンで音が途切れた瞬間泣きそうになる。

「ごめんちょっと休ませてまじ指と手首が死んでる……」

ベースをスタンドに立たせるとソファに倒れ込む。

「玲奈うまくなったよ！　めっちゃがんばってるじゃん！　自主練もしてるの？」

「ちょいちょいここ来て弾いてるけど、そんな長時間できないからさ……」

「ほんま玲奈ええセンスしてる思うで。『Time to sleep』に関してはもうBメロからCメロのパートだけ集中的に練習したらええよ。他は多分疲れでテンポのズレがちょっとあったけど大して問題なさそうやし」

カナとタニナカがめちゃくちゃだった私の演奏を褒めてくれてる。二人の言葉が辛辣だったらだったで辛いだろうけど、無理して褒められるのもなかなか辛いものがある。

内部進学で高校に上がって何だか唐突に私ってこのままでいいのかななんかちょっと違くない？　ってもやもやして、急激に部活へのモチベが下がって、学業に専念するため、と嘘の理由を書き、字の綺麗なエマに保護者の署名してもらってチェストからくすねた印鑑を押して休部届を出したのが六月。かと言ってママにはゼンリーで居場所がバレてしまうから放課後も帰宅部や同じく休部中の友達なんかと話して時間を潰していた時に誘われたのがこのバンドだった。

「玲奈バスケ部休部したんだって？　ならバンドやらない？」

そんな提案をしてベースが欲しい旨を説明して考えといてよと言い残したカナは、次の日には早速ギターボーカルのタニナカを連れてきて説得を始めた。自分は小学生の頃吹奏楽でドラムをやっていたこと、中学に入って以来演奏していなかったものの、DBQファンになってからは自分も音楽で成り上がり、いつかフェスや音楽番組でDBQのRJと出会える日を夢見て軽音部に入部しタニナカとバンドを結成したこと、ここ一年スリーピースバンドとしてやってきた一個下のベースが四月に親の海外駐在が決まり学校を辞めてしまったこと、とにかく他には加入を考えてくれる人もいないこと、ベースの基本的な弾き方は教えるし、とにかくタニナカのギターボーカルはすごいから一度聞いて欲しいと口説かれ、実際にスリーピースだった頃のビデオを見せてもらったらタニナカは超絶歌がうまくて、さらに文化祭では玲奈の好きなハイエナボンゴのコピバンをやろうと誘われ、頼られると応えたくなる&目立ちたがりの私にはもう断る術《すべ》がなかった。ハイエナボンゴはこれまで二回ライブに行ったことがあるけど、コロナで観客数が規制されてからはチケット落選が増え、当落のたびに悲しい思いをしているくらい大好きな四十代のおじさん三人組バンドで、カラオケに行くと流行り物ばっかり歌う友達らを引かせてしまうことを覚悟の上で歌う必要があるくらい激しい英詞中心のロックだ。ハイエナボンゴのコピバン！　ってだけで舞い上がって、バンドに役立ちそうなことといえば昔おじいちゃんにちょっとアコギを教えてもらったことがあるだけなのにアコースティックでもギターでもなく、人生で一度も触れたことのないベースを弾くことになってしまったのだ。

夏休みのほとんどの時間をベースに費やし、気合いで弦の押さえ方やタブ譜の読み方を習得して、ゆっくりであればそれなりに弾けるところまでは来たものの、少しでもテンポが上がるとアップピッキングとダウンピッキングがぐちゃぐちゃになってきて、弦を押さえ損ねたりピックをスカって間抜けな音になったり、そのミスによって次の形が崩れたりしてどんどんぐちゃぐちゃになってしまう。始めたばっかなのにすごいよ！　と二人は言ってくれるけど、このままじゃ文化祭には間に合わないかもしれない。今のところ私がこのバンドに貢献したのは「ヨリヨリのバイトしてるカラオケボックスでスタジオ貸し出ししてたかも！」という提案のみで、気のいい店長のおかげでほとんどタダみたいな料金で貸してもらえるようになったことくらいだ。

「あーあ。このままで間に合うのかな。二人の足引っ張ってるのがガチで悲しい」

「なー玲奈。思うんやけど」

タニナカはゴロンとしてる私の横に座って私のぐちゃぐちゃになったスカートの裾を直しながら言う。なにーと聞くと「お母さんに言うわけにいかんの？」と首を傾《かし》げる。中谷ってまじ変わってるよねー。不思議ちゃんて感じ。ん？　違うな、不思議たんって感じ？分かる不思議ちゃんじゃなくて不思議たんよな。中学生の頃、誰かのそんな会話を耳にしたことがある。嘲《あざけ》りって感じでもなかったけど、なんとなく嫌な感じがして、でもなんと

なく頭に残ってしまってタニナカを見るたび「不思議たん……」と頭を過ってしまってい
たのだけど、実際に話してみたら別に不思議ちゃんでも不思議たんでもなかった。ああ中
谷さん、と初対面で漏らしたら「タニナカって呼びや」と言われたし、幼い頃にめっちゃ
うまい小学生ギタリストとしてテレビに出たこともあるらしいし、どうやら成績は全体的
に悪いのに英語は帰国生でもないのにインテンシブクラスの上位に食い込んでいて、カナ
によるとお弁当はいつも卵焼きウィンナー二本ブロッコリー三本でご飯にはおかか醬油、
というメニューを中学入学当初から一ミリも変わらず続けているとのことだった。でも
「どんぶらこって呼んで」て言われた訳でもなし、ギターがうまいのはいいことだし、英
語ができるのもいいことだし、お弁当は期待もガッカリもせん、可も不可もないこんくら
いがちょうどええねんと本人が言っていた。不思議たんっていうよりもまあ「らしさがあ
るね」くらいの感じだ。そういうのをなんとかとかとママが言っていた。レッテルだっただろ
うか。天然とか不思議たんとか言ってちょっと自分にはよく分からない子を括るのが、レ
ッテルをつけるってことなんだろうか。
「えっと、でもそれって、休部してるってことも言わなきゃいけない感じだよね」
「てか玲奈いつまで親に黙ってるつもりなの？」
「うーんまあ、機が熟すまで？」
「じゃ今じゃない？　文化祭のライブのことだって黙ってるわけにはいかないっしょ？」
カナは勢い込んで言う。

「家で練習できないのは一番の足枷《あしかせ》だよ。私だって家に電子ドラムがあるからここまでこれたけど、吹奏楽と軽音の練習だけじゃ絶対ここまで上達できなかった」

「せやで。家でゆっくりヒロシ様動画でも見て練習しといたらあっちゅーまに上達すんで。そんでついでにあんたバスケちゃんと辞めて軽音入ったらええやん」

うーんと言いながらベースを見つめて顔をくしゃっとさせる。ママがどんな反応をするのか私には全く想像もつかなくて、だからこそなんとなく言い出しづらいけど、まじでバスケの練習をする気分では全くない、といういろんな狭間《はざま》で悩んだ挙句の休部だったのだ。そんな簡単に言ってたまるかという気持ちと、あーママなんて言うのかなっていう憂鬱と、まあもう黙って休部して四ヶ月近いしどんどん自動的に罪が重くなっていくような感覚にうんざりもしてたしそろそろなのかなあと頭がぐるぐるする。

「でも、玲奈母音楽好きなんやろ？」

「好き。ハイエナボンゴもお母さんが教えてくれた」

「まじか。じゃ絶対大丈夫だよ。むしろ喜んでくれんじゃない？」

確かに、ママは過激なまでの文系で、私がスポーツ系の部活に入ったことを心の奥底でめちゃくちゃ悲しんでいたことを私は知ってる。軽音部に入ったら喜んでくれるかもしれない、そんな仄《ほの》かな期待もあるけど、休部届を捏造《ねつぞう》して休部してたことは少なくとも褒められはしないだろう。うーんと声を上げながらグラスに手を伸ばして烏龍茶《ウーロン》を飲む。この部屋は予約や先客が入っていない時に限りドリンク代のみで貸してもらっている。まじでありがたいしほんとここがなかったらベースのべの濁点部分すら習得できてなかっただろうけど、さすがに限界があると私も本当は痛感していた。

「よし分かった。今日話す」

「まじか！　やった！　これで腕爆上がり間違いなしだよ！」

「応援すんで！　もし家追い出されたらうちきーや」

二人の応援と私の腕への期待が重かった。でもここまできた以上後に引くわけにはいかなかった。

玲奈絶対チキるからもうこれ持って帰り。で開口一番でベース始めたって告白したらええよ。いつも軽音部の部室かカラオケボックスの控え室に置かせてもらってたベースを背負わされて帰宅した私は静かに鍵を回し、さっと自室に入ってベースを下ろしてからリビングに出た。ママはいなくて、パパもいなそうで、なんだ緊張損かと思うけど、これからくるであろう話し合いに向けてちょっと休もうと思ってベッドに横になると乳酸をダバダバ出したせいか壮絶な睡魔が襲ってきた。

「玲奈、ごはん」

はっと顔を上げ、きょろきょろ見回してしまう。ベースのソフトケースはクローゼットの中に隠しておいたから見つかってはおらず、寝起きで挙動不審な私を見てママは笑った。

「ミートボールパスタだよ。伸びちゃうから早くおいで」

スマホを見ると時間は七時半で、カナとタニナカのグループＬＩＮＥで「言った？」

「報告よろ」と二人から圧がかけられている。

「パパは？」

「会食だって」

「最近多くない？」

まあパパにも色々あるんでしょ。とママは言ってスープを出し、サラダにドレッシングをかける。色々って何？　パパも不倫してるの？　と聞きたい言葉を飲み込む。もう離婚するんだしと思ってても、ママの不倫は許せてもパパの不倫はなんかちょっと許せない気持ちになるのが不思議だ。許せないっていうよりも、気持ち悪い、に近いだろうか。パパはおじさんだからだろうか。そもそもおじさんが恋愛することがちょっと気持ち悪いのかもしれない。ママは私の延長線上にいる感じがするけど、パパは私から繋がるどんな延長線の上にもいない気がする。それは性別の違いっていうのとは全然違くて、なんかもっと、考えてることとか生き方とかの違いに近い気がするけど、でもそれは性別の違いからくる違いではないとも言い切れない気もする。ママがイルカだとしたらパパはウミウシって感じかも。それはちょっとパパが可哀想かなと思うけど、でもウミウシが可哀想なんていうのも私の思い込みだ。つまり、ただ単に清潔感みたいなものが大きいのかもしれない。もちろんウミウシが清潔じゃないというわけでもないんだけど。

「どうしたの？」

「あ、ううん」

いただきますをして、パルメザンをかけて食べ始める。まじでいつも思うけど、ママの料理は世界で一番美味しい。夢中になって食べてる内に今日学校どうだった？　と世間話を振られてしまう。まあふつーかな、あっそうだ聞いてよ今日ナツがさ、あってか昨日ナツがさ好きな男の子映画に誘ってさ、来週行くことになったんだって！　でその男の子がめちゃくちゃイケメンで背高くて、ナツも背高くて超美人だから付き合ったらスーパーカップルだねって話になってさ。ふうん。今日って部活だったんだよね？　……うんそうだけど。洗濯物出しといてね。はーい。

どうしようこんなんじゃ私一生ママに休部のこと話せない……と焦りながらミートボールを噛み砕く。まじで美味い。サラダもママお手製のバルサミコドレッシングがめちゃくちゃ美味しくて生野菜があんまり好きじゃない私でもめちゃくちゃ食べ進めてしまう。最初の頃はユニフォームをそのまま洗濯に出してたけど、あれ今日これ着た？　と洗剤の匂いのままであることに気づかれて「あ今日部活なかったんだよ。間違えて出しちゃった」と慌てて回収して以来、制服の下にユニフォームを着たり下駄箱の中にくしゃくしゃにして放置したりしてなんとか使った感を出すようにしている。でもなー実際これ続けんのもきついんだよなあ……と私は改めて告白を決意する。

「今日はデザートにぶどうがあるよ」

「えっぶどう？　嬉しい！　シャインマスカット？」

「巨峰」

「やった！　私シャインマスカットが一番美味しいって思ってたけど、最近巨峰の方が美味しいんじゃないかって疑い始めたんだよね」

「私は巨峰が一番好きだな。一番味が濃くて、ファンタの味がするから」

子供みたいだと思いながら、果物の中で何が一番好きか話を始めたらあからさまにつまらなそうな顔をされて「ファンタ味だから巨峰が好きなくせに！」と脳内で意味不明な罵りをする。

「ねえ玲奈。今度私の彼氏と会わない？」

「ママの彼氏と？　何で？」

「一緒に暮らしはしなくても、私と結婚する人だよ？　玲奈的にもどんな人か分かった方が安心するんじゃない？」

「うーん、まあ別に心配はしてないけど」

「もちろん会いたくないなら一生会わなくてもいいけど、引っ張った挙句に緊張しながら会うよりは早めにさくっと会っておいた方がいいかなって。なんか玲奈が食べたいものがあれば食べに行ってもいいし。例えば、サムギョプサルとか」

思わずひゃっ！　と驚いて肩を震わせてしまう。どうしてママはいつもこんなにどストレートに私の食べたいものを言い当ててくるんだろう。

「サムギョプサルね。ちょっと探しておくよ。まあでも、嫌だったら無理しなくていいからね。私も奏斗のお母さんには一度も会わなかったわけだし」

「あーね」

ママと私はパパのお母さんに会ったことがないのだ。元々パパがお母さんとママが会うのを嫌がっていたのだという。それで、ぼやぼやしてる内にパパのお母さんは死んでしまって、結局お葬式もパパだけで行って、私たちは最後までパパのお母さんには会わないままだった。まあお葬式に行ったところで会ったとは言えないし、パパがそんなに嫌ならそれで良かったんだろう。でも私はママとこれからも仲良くしていくつもりだ。ママとお洋服を買いに行ったり貸し借りするのも楽しいし、コスメとかスキンケアの相談はこれからもしていきたいし、カラオケ行くと友達と行くのと同レベルで楽しいし、ママの作るご飯は最高だしレストラン選びも的確。まじでママとは長い付き合いでいたい。さすがにあれだから言わないけど本音を言えば大学生になったら一人暮らしは絶対にしたいけどママのご飯が毎日届けばいいのにと思ってる。

「じゃ会うわ。ママと私は切っても切れないし、ママと彼氏も切れないわけでしょ？　そんで別にヤバい人とかじゃないんだよね？　虐待とかしないよね？　シンデレラのお姉さんたちみたいな虐《いじ》めとかしないよね？」

「ヤバくないし虐待もしないし、彼は小鳥みたいな人だよ」

「小鳥？　さえずるの？」

「小鳥のさえずりのように日常をささやかに彩ってくれる人ってことだよ」

何それポエム？　と眉を顰めたけど、人が真面目に語る言葉をポエムとか揶揄《やゆ》する人はいつか必ず地割れに飲み込まれて死ぬから止めた方がいいよと真顔で言われた。でも好きな人を小鳥のさえずりと表現する感性は私にはないし、さえずり男に惹かれたママの気持ちもよく分からない。私は普通にかっこよくて背が高くてディズニーとかで仲良くはしゃげてデートの様子を定期的にストーリーに上げてくれるような男の子と付き合いたいからだ。

ごちそうさまをしてテレビのYouTubeでハードリームのMVを見ながらぶどうを食べていると、ママも隣にやってきて食べ始めてロングヒットの『抑揚』を口ずさむ。

「ハードリームまじ好き」

「でもハードリームって見た目バンドマンぽくないよね。結構デビューして長いのに、うちの会社にもこういう奴三十人くらいいるなって感じ」

「確かに。なんか、おっさん感強めっていうか、なんていうか……」

「垢抜《あかぬ》けない」

「そうそれ。このまま垢入れたままやってくのかなー」

ママが黙り込んで私をじっと見つめるから、えなに？　と聞いたら「ああなるほど」と勝手に納得してテレビに向き直った。

「なんか私変なこと言った？」

「別に」

「あのさー」

「なに？」

「まあ、ママの彼氏に会ってもいいかなって感じになって、ママのお願いも聞いたわけじゃん？」

「別にお願いしてないよ。玲奈が嫌なら会わなくていいよ」

「ちゃうちゃうそういうんじゃなくて。まあママの求めることに、応えたわけじゃん。つまり、会わない？　会うよ！　ってなったわけじゃん。まあ別にこれは交換条件とか、ん？　交換条件じゃないか？　えっとー、やられたらやり返す的な？　んーそれも違うな。あ、なんかギブアンドテイク？　ウィンウィン？」

「なに？　早く言って」

言う前からママが零度みたいな目を向けてきて焦る。

「えっと、私けっこう前にバスケ部休部した。多分退部する。で、今私バンドやってる」

私の両目を両手で掴んでるんじゃないかってくらい強く、ママは黙ったままやっぱり零度みたいな目で私を見つめる。これはヤバいなと思い始めたけど、もう「なーんてね！」と誤魔化すことができないことを悟る。「どういうこと？」と一言呟いた瞬間ママの疑問と怒りは爆発したようで、冷静な口調ではあるけどものすごい勢いで問い詰められる。いつから休部しているのか、休部届に親の承認はいらないのか、顧問はなぜ連絡してこなかったのか、そもそもなぜ休部したいと思ったのか、虐めとかか、それとも他に何かのっぴきならない事情があったのか、いつも部活をしてるはずの時間に何をしていたのか。一つ一つが嘘と隠し事の告白になる重い質問で、こんな拷問みたいな時間がいつまで続くんだろうと恐ろしくなる。

「ちょっと前にユニフォームが綺麗だけどどって言った時、今日部活なかったたって言ってたけど、あれは嘘だったんだね？」

そりゃそうだろと思うけど、ママが涙ぐんでることに気づいて何も言えなくなる。俯《うつむ》いたままごめんと呟くけど、ママは私の言葉を打ち消すように「どうしてか話して。納得できるようにちゃんと話して」とまっすぐ私を見つめて言う。

「よく分かんないんだけど、モチベが下がったんだよ。なんかモヤモヤして、違うなって感じがして」

「中三と高一で何か変わったの？　顧問とか？」

「顧問は一緒だよ。コーチも。でもなんか、うーん、なんかモチベが……」

「モチベーションが下がった理由を聞いてるの」

「うーん、なんだろ。ま、中三の時に一番上の学年だったのが、一番下になった的な？　そういう変化はあったかも」

「そんなことを言ったらスポーツのみならず学業だって継続すること自体不可能だよね？」

「てか、ママ別に私がバスケやること応援してなかったじゃん。顧問が誰かとか、コーチが誰かとかも知らないでしょ？　なのになんか急にそんな、なんで休部すんの！　みたいに責められてもちょっと引くんだけど」

「私は、休部する前に相談してくれなかったこと、玲奈が私に隠し事をして、それだけならまだしも嘘までついてたことが解《げ》せないんだよ。お願いだからちゃんと理由を説明して。なんか違うとか、モヤモヤとか、モチベが、とかでは納得できない。あんなに楽しんでたバスケを玲奈が嫌いになるわけがない」

「や、私まだ十五だし！　趣味だって方向性だって変わるよ！　そんな中一でなんか背低かったのコンプでダンクシュートできるようになりたい！　って適当な理由で選んだバスケを六年間ずっと続けなきゃいけないなんておかしいじゃん。もっといろんなこと挑戦したりしたいし、部活になんか縛られたくないじゃん。実際バンドやってみてすごく楽しいし。ってか私文化祭でライブやるんだよね。だから今ベースの特訓しなきゃいけなくて……」

「バンドを始めたのは玲奈が休部したのを聞きつけたカナちゃんから誘われたんでしょ？　別にやりたいことがあったから休部したわけじゃないんでしょ？　私は休部の理由を聞いてるんだよ。モチベーションが下がった理由を、簡潔にでいいから述べなさい」

「だから何もないけどなんか下がっちゃったんだよ！　なんか知らないけど、今年入ったくらいからモチベが下がって、下がってもがんばってたけど、あーもう無理かもって思って休部したの！　それだけ！」

どうしてこんな責められなきゃいけないんだろうって段々腹が立ってきて、大きな声を出してしまう。ママは怒りと悲しみを顔いっぱいで表現して、「あなたが責任者である私と奏斗を欺き、隠し事をして嘘までついて好き勝手な行動を取っていたことが明らかになった以上、今後も明確な理由を説明しないまま休部を続けるのであれば、あなたには何らかのペナルティを与えることになるでしょう」となんか難しい説明書みたいなセリフを口にした。

「なにペナルティって……」

「お小遣いの減額、スクリーンタイムの短縮、門限を早める、等々でしょうね」

「何それひどくない？　そんな、お小遣い今より減ったら何にもできないよ。それに高校生でスクリーンタイムあんの私くらいだよ？　それを短縮？　私今十一時までなのに？　十時までとかにするってこと？　まじ無理なんだけど！　生活できないよ！」

「最近ゼンリーの場所が依子《よりこ》ちゃんの最寄り駅の辺りにいることあったけど、サボってたの？」

　ママに休部のことを悟られないよう学校で電源を切ってそのままカラオケボックスに行って練習終わるまでスマホ見ないという苦行を受け入れてたのに、何回か誘惑に負けて電源を入れてしまった瞬間をまさかゼンリーで見られていたとは。母親ってガチで執念深すぎてホラー映画の殺人鬼だったら絶対に逃げられないなと早々に諦めて死を受け入れるレベルだ。

「や、あれはバンドの練習」

「依子ちゃんもバンドをやってるの？」

「違うよ。カナとタニナカって子と三人でやってる。ヨリヨリはカラオケボックスでバイトしてて、そこスタジオもあるからバンドの練習に使わせてもらってんの」

「ベースはどうしたの？　どうやって買ったの？」

「タニナカの行きつけの楽器屋さんで買った」

「お金は？」

「えっと、お願いだから来年のお年玉を前借りさせてってっておじいちゃんに頼んでペイペイに振り込んでもらった。あでも、全然安いやつ」

「なんて小賢《こざか》しいことを……。おじいちゃんには何のために使うのか教えたの？」

「うん。バンドやるって言ったら喜んでくれたよ。おじいちゃんも大学生の頃バンドやってたんだよって話聞かせてくれて、あ、文化祭も来てくれるって」

「つまり、玲奈はたくさんの人に休部のことを伝えてて、休部してる間いろんなことをしてたのに私だけが知らなかったってことね？　おじいちゃんもなんで私に言ってくれなかったんだろう、あまりに浅はかすぎる。玲奈が悪事に使ってたらどうしてくれたんだろう」

「や、いろんなことなんてしてないよ。バンドだけだよ。それにおじいちゃんもママとパパにちゃんと休部のこと話しなねって言ってたし、私が悪いことに使うわけないって信用してくれてたんだと思うよ。ママと違って」

反抗心を露わにして言うと、ママはヤバい目力で私を睨《にら》みつけた挙句「処分については奏斗と相談して決めます。ちゃんと納得のいく理由を話してくれれば寛大な措置を取るつもりです」と言い残して自分の部屋に戻って行った。私は巨峰を食べ終え、お皿をシンクに置くと自分の部屋に戻ってベースを引っ張り出した。怒られたしめっちゃ責められたし悲しまれたけどもう嘘はないわけで、私は心置きなくベースの練習ができるようになったわけだ。無心でタブ譜を見つめて、乾いた音のベースを弾き続ける。ギターもドラムもないと、合ってるのか合ってないのか分かりにくくて不安になってきて、少し泣けてきた。つまりママとパパは私にとってのギターとドラムなのかもしれない。パパとママの離婚と、普段冷徹な感じのママが浮かべたショックな顔と涙のせいで、私は今自分がどこにいるのか、自分が正しいことをしてるのか分からなくなって、不安なんだ。しばらくしたらパパからＬＩＮＥが入って、パパはママみたいに怒ったりしないよねとドキドキしながら長押ししたら「なんで休部したのか理由を教えて」と入っていた。パパもママも離婚するっていうのにまったく同じことばっかり言う。

「で？　ペナルティがお小遣い千円減額とスクリーンタイム十時までの短縮？　優しいなあレナレナのママパパは」

ヨリヨリは肩を竦めて呆れたように笑った。ミナミも同意見なのか、ニコニコしながらコクコクしている。久しぶりに三人で会おう！　となったのに私の金欠のせいでスタバではなくマックになってしまったのが申し訳ない。三人で会うのは二ヶ月以上ぶりなのに、手元にあるのはキャラメルフラペチーノではなくSサイズのオレンジジュースだ。

優しくないよ！　と声をあげる自分の子供っぽさを自覚しながら、愚痴が止まらない。ママとパパはこの制裁を加えたあと私の制止を聞かず顧問の松永に電話を掛け、どういう経緯で休部することになったか聞いたようだけど、理由は勉学に集中するためとしか聞いていませんと言われたようで、一昨日三者面談みたいな感じで「理由を教えてくれ」とママパパに尋問された。「この世は話し合いでできている。いや、話し合いでできているべき。暴力とか、民意を無視する政治が人間の尊厳を奪うのは玲奈も分かるよね？　そんなことがこの最小単位のコミュニティの中で起こるのは絶望的。あなたのしたことは対話を拒み人を欺く、暴君のようなことだよ」ママは説得するような口調で言って、パパは「俺たち夫婦は二人とも仕事をしてるから、学校もそうだけど、習い事とか部活をさせることで、ある種教育の一端をそこに担ってもらってたっていう側面があるんだよ。だから、玲奈が部活を辞めるのであれば、それに代わる何かしら人格形成や情操教育に繋がるものをやってもらわないといけなくなる。今の玲奈が退部したら、部活分の時間を友達と遊ぶこととゲームに費やすだけで一分たりとも有益な使い方をしないだろうからね」と皮肉っぽく笑いながら言った。まったく、部活一つでよくそんなに騒げるなと思う。バンドやってんじゃん全然遊んでなんかないよと言ったけど、バンドは誰かに教授してもらうこととというよりは、自分と向き合う行為だからねとパパは取り合ってくれなかった。

「玲奈は本当にこのままバスケ辞めちゃうの？」

「多分ね。なんか休部したらしたで、なんでそんな熱中してたのか分かんなくなっちゃったとこもあって」

「ガチか。あんなバスケ一本槍って感じだったのにねー」

「玲奈のバスケしてる姿、私は好きだったんだけどな。ジャングルを走り回る野生動物みたいで、本当に美しかったし、玲奈のシュートはゴールに吸い寄せられてるみたいだった」

「なんかあったの？　部内で」

中三でテストの点数にレッドカードが出て休部させられるまで同じバスケ部にいたヨリヨリは訝《いぶか》しげに聞く。や、別に。と言いながらオレンジジュースを吸い上げるとコップの中はもうゴロゴロゴロと空っぽを匂わせる音を立て始めた。

「そういえば、依子はどうなの？　ほら、入学してすぐの頃ちょっと馴染みにくいみたいなこと言ってたけど、もう慣れた？」

「やー。もうなんか、無理かなって！」

「無理かなって、学校が？　まだ入学して半年も経ってないじゃん」

ヨリヨリは明らかに自棄《やけ》になってる口調で、私は理由を聞く前から宥《なだ》めるような口調になってしまう。皆で食べよう、とヨリヨリがナプキンに出してくれたポテトLを貪りながら、腕を組んで斜め上を見つめるヨリヨリを見やる。

「辞めようかなって」

「はっ？　辞めてどうすんの？」

「働こうかなって」

ヨリヨリは投げ出すように言ったけど、「働こうかなって」は、私たち十五歳と十六歳の女子高生にふさわしくない言葉だ。えっ、働く？　どんな？　どんなとこで？　何になるのヨリヨリ？　と慌てるとヨリヨリは笑ったけど、ミナミは笑わなかった。そりゃそうだ。この間までウンコくさ！　とか足くさ！　とか言って一緒にゲラゲラ大笑いしていた精神年齢低めな友達が働くなんて笑い事ではない。こんな子供が働くって、え、ヨリヨリ大丈夫？　とも思うけど、ヨリヨリを働かせる会社とかも大丈夫そ？　って感じだ。

「やーさ、今バイトしてんじゃん？　なんか全然学校よりバイトの方が楽しいなって。私勉強より働く方が合ってんじゃないかなって思って。勉強っていくらやっても手応えないし、テストの答え合ってても間違っててもなんでかよく分かんないし。頭良くなってる実感もなければ、頭悪いって実感もなくて。なんか勉強の世界にいると、右も左も分かんないんだよ」

確かに、ヨリヨリが絶望的に勉強に向いていないということは何となく勘づいていたし、勉強の仕方とか見てもなんでそんなやり方するの？　って疑問なことが多かったし、そもそもテスト範囲を教えても範囲外のところを必死に勉強してたりするし、数学なんか教えようものなら素因数分解って何？　てか素因数って何？　分解も何？　と前提すら把握していなかったりして、でもまあやる気になればできるんじゃないの？　今はやる気が出ないからやれないだけなんじゃないの？　と思ってもいたけど、ヨリヨリはもはやこの舞台から降りようとしているのだ。

「でもさ思うんだけどさ、ヨリヨリって勉強のやり方を知らないだけなんじゃないかな？もっと効率的な勉強の仕方とか覚えたら、なんか劇的に学力上がったりするんじゃないかなって、私は思ってたんだけど……」

「や、小学校の時も三年進学塾通って、中学でも成績悪すぎて途中から塾行ってたけど、どんな先生に教えてもらってもなんも身につかなかったもん。そもそも点数上がっても嬉しくないし、下がっても悲しくない。無。勉強に対して完全に無なんだよ。もうその時点で私詰んでね？」

「でもさヨリヨリ、実際中卒で働くって結構ハードモードだと思うよ。今はいいかもしんないけどさ、実家出て一人暮らしとかするようになったら結構ガチめの仕事しないとだよね？」

「だからガチめの仕事するって話よ。私が今から働き始めたら、皆よりも六年早く社会に出ることになるわけじゃん？　したら皆が就職する頃にはまあまあ稼げるようになってるかもだし」

「依子は何をしたいの？　志望する職業はないけど、とにかく学校を辞めて自立したいってこと？　求人誌とかちゃんと見たことある？　中卒をとってくれるところはそもそも少ないし、どんな職種かにもよるだろうけど、中卒の勤続六年より大卒の初任給の方が上回ると思うよ」

ミナミの厳しい口調にヨリヨリが顔を強張らせる。この三人の間にこんなに冷たい空気が流れるのは初めてかもしれない。全身がヒリヒリしているような感覚に息苦しくなって、ミナミ詳しいんだね、と柔らかい口調でフォローする。

「私は経済的な理由で都立一択だったから、就職って道も真剣に考えてたよ。帰国枠だったから受かったけど、そうじゃなかったら多分落ちてたし、だから今も勉強ついていくのに必死。依子みたいに勉強適当にやってバイトもして学校辞めよっかななんて、ちょっと甘えてるんじゃないかな。快適に勉強できる環境を、依子は親に買ってもらってるんだよ？　どうして逃げようとするの？　それって怠慢じゃない？」

ヨリヨリが甘ったれた子供で、ミナミが色んなことを分かってる親みたいだ。どっちの気持ちも分かるけど、どっちもちょっとなとも思う。

「ミナミには分かんないよ。親の仕事のおかげで何もしなくても英語ペラペラで、帰国入試だからイージーモード。そもそも私とは頭の出来も違う。言い訳とかじゃなくてさ、私ほんとどっか頭の作りが普通じゃないと思うんだよ。同じように勉強してても皆と全然違う。これってもう努力とかじゃないと思うんだよ。髪が太い細い、イエベブルベグリベ、骨格ストレートウェーブみたいな、もう生まれ持った、変えられないものだと思うんだよ。このハードモードさ知らないくせに怠慢とか言わないで欲しいんだけど」

「……ごめん。確かに想像力が足りなかったかもしれないけど、依子が思いつきで、なんとなくノリでもう働く！　ってなってるんじゃないかって心配で。せっかく新しい高校に入学できて、塾とかにも行かせてもらえるなら、もうちょっと粘った方がいいんじゃないかって、そこが恵まれてない私は思っちゃうんだけど」

「環境があればできる、やる気になればできるって、そんなわけないじゃん。全部あってもできないやつはできないんだよ。勉強して報われた経験のある人には、やってもやっても報われたことのない人の気持ちなんか分からないよ。やる気がないんじゃないよ。やる気があったのに、何にも報われない。やる気がないだけ、やる気を出せばって周りからは言われ続けて、もう内側からも外側からも折られ続けて私のやる気は死んじゃったんだよ。で、なら別のことやろうって、もう別の分野で頑張ろうって思い始めたんだよ。それを逃げとか怠慢とか言われる方の身にもなってみろよ」

ヨリヨリは強い口調で言い切ったけど泣きそうでもあって、私は何て言ったらいいのか分からなくて仕方なく黙ったままテーブルの上のヨリヨリの手に自分の手を載せる。

「ごめん。そこまで思い詰めてるとは思ってなかった。さっきの言い方だと、ちょっとした思いつきに聞こえて……」

「ごめん。まあ私も、あんな感じじゃないと言えなかったからああ言ったけど、誤解させる言い方だったと思う。でも私はガチで、もう勉強にはついていけないし、学校以外の道を選ぶしかないなって、本気で思い始めてる。まだ親には話してないし、別の道もあるのかもしれないし色々考えるけど、働く、っていうのが一番私に合ってるんじゃないかって、今は思ってる」

「私は、いいと思うよ。ヨリヨリカラオケで働いてる時すごく楽しそうだし、人見知りなのにバイト仲間とか店長と打ち解けてるし、勉強の才能はなくても働く才能はあるんじゃないかって私も思う。自分で王道レールから外れていくって、私はまだまだ自分で何も決められないからそんな不安なことできないけど、できないからこそヨリヨリすごいなって思う。もちろんミナミの言うことも分かるし、私も第一印象でえそれって逃げじゃね？って思ったけど、それなりに覚悟してるなら応援したい。てかカラオケ店長になったらいいんじゃやね？　カラオケドリーム乗っ取っちゃえば⁉」

ヨリヨリは声を上げて笑って、いいねそれ！　店長もいい年だし今の内に恩売っとくわ。と言った。じゃ他にどんな仕事あるか調べてみようよとなって、三人それぞれスマホを覗き込んで中卒でできる仕事を検索し始めたけど、調べれば調べるほど基本給が少ない、出世が難しい、選択肢も枠も少ない、とハードな情報ばっかり出てきて私たちは高一にして社会の壁を痛感する。

「運転手とか書いてあるけど、運転手だって免許ないとだから十八まではできないし、工事現場とかもヨリヨリにはきついだろうし、やっぱ接客とか介護とかが鉄板なのかなあ」

「私は高校に落ちたら看護師になろうと思ってちょっと調べてたんだけど、たとえば準看護学校に二年通って免許が取れれば、中卒でも準看護師にはなれるよ。それで、准看護師として三年働いた後に看護学校に二年通って国家試験に合格すれば正看護師になれる。多分、働きながら夜間学校に通ったりとかもできるんじゃないかな」

「えーなんか、めちゃくちゃ大変そうだな！　看護師の給料安いってぼやきよく見るけど、そんだけ看護の勉強しても給料安いわけ？」

「でも、看護学校に通う期間は合計しても四年だし、働きながら学校通えるのはポイント高くない？　それに、国家資格だからとっておけばかなり堅いと思う。高齢化社会で、これから医療と介護の需要はまだまだ増えてくだろうし」

ミナミはやっぱり、自分が就職という道を考えたことがあるから、かなり現実的な提案をする。こんなことを十五、六の私たちが考えなければならないってまあまあえぐくない？　とも思うけど、私だってあと一年くらいしたら志望する大学とか学部とか本気で考えなきゃいけないわけで、まだまだウンコくさ！　でゲラゲラ笑ってたいのにという悲しみしか湧かない。

「てかレナレナ休部バレクライシスで私は学校辞めるクライシスなわけだけど、ミナミは最近どうなの？　うまくやってんのーさとくんと？」

ヨリヨリがようやく活き活きした表情を浮かべミナミに聞く。ポテトを頬張っていたミナミは何だかその瞬間落ち込んだような表情を見せて、それでも何か気を持ち直したかのように「うん、まあ普通に？」と微笑んだ。

「すげーなーやっぱミナミは私たちとは違うわー」

「私も付き合ったことあるもん！」

「はいはい。二ヶ月な」

小学校の頃好きだった夏樹《なつき》と中三の三学期に最寄り駅近くで再会して、それからずっと連絡が途切れなくて告白されて付き合い始めたけど、何となく付き合った途端にそれまで普通に仲良しの友達だった夏樹が「彼氏」になってしまって、すぐに「あれ違うかも」と思い始めて、なんか手繋いだりとか彼のことを何よりも優先したりとかみたいなことが求められる世界線に自分でもびっくりするくらいうんざりしてしまって、やっぱり友達に戻りたいと言ったのが付き合い始めて一ヶ月と二週間と二日だった。ミナミとヨリヨリには二ヶ月ということになってるけど、ちょっと恥ずかしくて半月分嘘をついた。「玲奈は自分が持ちたい関係を持ちたい相手と好きに構築していけばいいんだよ。一度にたくさんの恋人と付き合っても、一人の人と添い遂げてもいい。セックスをするしないも自由。子供を作る作らないも自由。もちろん手を繋ぐ繋がないも、何を優先させるかも自由。既存の恋愛の定型に無理して合わせる必要なんてない。恋人とか彼氏彼女とか妻とか夫とか、既存のカテゴライズができない存在であってもいい。自分で新しい名前を付けてもいいし、付けなくてもいい。そもそもそんな特別な人を人生に設定しなくてもいい」ママは私の恋バナを聞くとなんかけっこう真剣な顔で言った。つまり彼氏なんだからとか、恋愛なんだから的なことは考えなくていいってことだろうと思うけど、ママはいつも大袈裟なんだよなあという感想しかなかった。でも、ドラマとか映画とか観てキュンキュンしてたあの〝恋愛〟をしたい！ と思ってた時と、現実を知った今ではちょっと心持ちが違うのも確かだった。

「え、普通って？　キラキラ高一カップルの普通ってどんな感じ？」

「やめてよ依子。別にキラキラじゃないし！」

最近の画像ないの？　見せて見せて！　えこれディズニー？　ディズニーデート行ったの？　いーなーまじかようらやま苦しい。うらやま死する。それな。いーなーミナミはクリスマスも彼氏と過ごすのか。年越しもな。じゃお正月もか？　ずっと一緒やん。私とヨリヨリは二人でミナミのフォルダを見ながら大騒ぎする。

「あのね」

ミナミが唐突に小さな声を上げる。ストローの袋をいじっているミナミの手が少し乾燥していることに気づく。その小指がピンとそこにある何かを弾《はじ》こうとしてるみたいな動きをして、私は弾かれたように顔を上げた。

「どうしたの？」

「ちょっと最近、彼といて、苦しいことがあるんだ」

「え苦しいってどういうこと？　何か嫌なことされてるの？」

「嫌ってほどじゃないんだけど、束縛が厳しくて」

「束縛？」

私とヨリヨリは顔を見合わせて眉間に皺を寄せる。彼氏がいるってシチュエーションだけで「くるしっ」となってしまった私や彼氏がいたことのないヨリヨリにはちょっと適していないテーマかもしれなかった。

「束縛ってどんな？」

「ゼンリーで場所把握されるし、毎日予定聞いてくるし、暇があれば会おうよって言ってくるし、図書館で勉強するって言っても、一人になりたいのに会いに来るし、インスタで他の男フォローしないでとかも言ってくる」

「おもー。でもまあちょっとやりすぎかもしんないけど、まあそのくらい彼氏なら仕方ないのかなって感じもしなくね？」

「え、ミナミはさ、そういうの嫌だって伝えたことはあるの？　一人になりたいから来ないでとか、ちゃんと主張してるの？」

「やんわりとは。でも、会いたくて来ちゃったみたいな感じで来られたり、あと元々仲の良かった友達とかのフォローは外したくないとは言った」

「したら何だって？」

「それは認めてくれた。でも、誰フォローしてるのかとか、どんな投稿してる人なのかとか私のインスタ全部見られた。今日も二人に会うって言ったら、どこで会うのとか何時に帰るとかしつこく聞いてきて……。高校から別の学校になっちゃったから不安なんだって言われて、最初は仕方ないなって、彼が安心できるまで連絡マメにしようとか、彼の心配するようなことはしないようにとか色々気をつけてたんだけど、最近スマホが鳴るとドキドキするんだ」

「怖いの？」

「怖いってほどじゃないんだけど、でもいい意味のドキドキじゃなくて、緊張ってて感じ」

「ちゃんと、話した方がいいんじゃない？　ミナミが彼氏からの連絡に緊張してるなんて、想像しただけで辛くなるよ。彼のことが好きだから我慢しちゃうの分かるけど、このままいったらもっと束縛厳しくなって、そのうち私たちとも遊べなくなっちゃうかもよ？」

笑いながら言ったけど、ミナミもヨリヨリも笑わなかった。ピンと弾いてしまう小指を大人しくさせるためみたいに、ミナミは両手を拳にしている。

「ねえミナミ、彼のこと好きなの？　それだけ我慢しても付き合いたいくらい好き？　好きかどうかちょっと分からなくなってる感じなら、しばらく距離とってもいいんじゃない？」

こないだまで鬼ごっこして満足してたような子供たちが恋愛するなんてそもそも無理があるんじゃない？　ママは私の恋バナを聞いた時そんなことも言っていた。もう二年くらい鬼ごっこなんかしてませんけど！　と言ったら笑われた。つまり大人からしてみたら二年はこないだってことなんだろうか。

「ありがとね玲奈。でも私も私で、今彼がいなくなったら耐えられないなって思うんだ。お母さんとはもうずっとうまくいってないし、お父さんとももう長いこと話してないし、学校もなんか必死に勉強してるうちに友達作りそびれちゃったし、彼がいてくれることですごく救われてる。こんなに救われてて、支えてくれてるのに、ここまではいいけどここから先は縛らないでって拒絶するの、ちょっとわがままなのかなって」

「そんなことないと思う。好きな人だからって、何でもしていいってことじゃないよね？　殴らせてって言われても殴らせないよね？　嫌なことはちゃんと言わなきゃいけないし、ここまではOK、ここからはダメってボーダーラインは自分で決めて、相手にもきっぱり伝えるべきなんじゃないかな」

一ヶ月半付き合っただけの私に言われたくないかもしれないけど、これはちゃんと言わなきゃいけない気がした。でも、私は正しいことを言って、正しさと正しくなさの狭間で苦しんでるミナミを正しさで殴ってるような気もした。恋愛は批評できないみたいなことを前にママに嫌味ったらしく言われたことを思い出す。

「分かるけどさ、そもそもここまでOK、ここからNGとかって、自分の中でもそこまではっきりしてなくね？　彼氏に言われたから、求められたから、ってグラつくの当然だし、最初から私はこうです！　ってなれる奴いなくない？　試行錯誤必要じゃね？」

「まあ確かに……。でもとにかく、ミナミが彼氏のために嫌なこと我慢しなきゃいけないのが、私は耐えられないんだよ」

「まね、それは私も嫌」

ヨリヨリがその先に何か続けようとした瞬間ミナミがびくんと飛び上がって、慌てたようにバッグの中のスマホを取り出したのを見て「なんだ」と思う。でも「なんだ」、なのか？　電話一つで人はこんなにびくんと飛び上がるものだろうか。ちょっとごめんと言ってミナミは席を立ってしまって、私はヨリヨリと視線を合わせる。だいじょぶかな。どうだろ。彼氏えぐない？　まーまだえぐいとまでは言わないかもだけど、なんかえぐくなる可能性をひしひしと感じるな。もっと強く言った方が良かったかな。やそれはミナミを追い詰めるかもだしとりま定期的にミナミの話聞こ。彼氏いんのに悩みがあるのかー。彼氏いるやつは皆悩みないと思ってんのか？　そだそだナツも彼氏できそうだよ今。まじかよーナツのくせに！　あってか、パスコヨリヨリと連絡取れないって言ってたよ。あー、なんかちょっと一回既読スルーしちゃったらなんか申し訳なさで返せなくなっちゃって。なんだよそれ隠キャか。いや私隠キャやて。パスコ心配してたし、盛岡も連絡取れないって言ってたよ。ヨリヨリ成績悪すぎた過去を葬り去るつもりなのかなって皆遠慮してるけど、そうじゃないなら連絡してやんなよ。成績悪すぎた過去！　言ってくれんなお前ら。

「ごめん、彼だった」

「大丈夫？」

「迎えにくるって」

「え、いつ？」

「もう近くに来てるみたい」

「えっもう帰っちゃうの？　まだ全然話してないのに。てか、彼氏も一緒に四人で話そうよ」

「うーん、私ちょっとそういうの苦手で……」

そういうとこじゃない？　と私は思う。そうやってあんまり外を頼らなくて内にこもりがちで、強めに言われると断れなくてってていうのが、まじでミナミだと思う。でもそれこそがミナミだし、そういうとこが好きなところでもあるわけで、なんとかした方がいいんじゃないかと思うけど大事にしてほしいところでもあるとも思う。こういう矛盾？　的な気持ちの板挟みになると私は酔ったみたいになってちょっと気持ち悪くなる。

「私も苦手！　知らない人と話したくない。何でだろうなー。仕事って目的がある時は全然気にならないんだけど、仕事なしで人と関わろうとするとまじ苦痛なんだよなー。てか何ならそれが普通なんじゃね？　レナレナみたいなんがレアなんじゃね？」

ミナミの小さな手がぼんやりとテーブルの上に忘れられたみたいに載せられていて、見ているとまた小指がピンと見えない何かを弾いた。ミナミの指は、どうして定期的にピンと動くのだろう。しっかりしてておとなしくて大人っぽくていつも何かしら自分一人で抱え込んでしまうミナミの心が弾けそうになってるから小指がピンとしてしまうんじゃないかと思ったら苦しくて仕方ない。

「本当に大丈夫？　私たちにできること、何かない？」

「大丈夫。ごめんね心配させて」

「全然いいけど、何かあったらすぐに言うって約束してくれる？」

「うん。絶対言う。玲奈と依子は私の日本の一番の友達。二人は私の宝物で、誰よりも大切な人だよ」

「あっねえミナミ、文化祭、てか私のライブ観にきてくれるよね？　ミナミとヨリヨリの分のチケット取っとくからね！」

「絶対行くよ！　すごく楽しみ。私うちわ作って行くから、バンド名決まったら教えてね。今日はごめんね、また彼氏が予定入ってる時にゆっくり会おう」

言いながら、ミナミはバッグにスマホを入れて立ち上がる。え私たち彼氏に予定入ってないと会えない感じ？　とちょっとポカンとしたままじゃあねと通り過ぎたミナミの後ろ姿を見つめる。ヨリヨリも同じようにポカンとしたまま後ろを見つめていて、大丈夫かなミナミ、ヤバくね？　と呟いた。蛍光灯が店内を鮮やかすぎるほど照らし出して、さらに大きい窓から自然光も入り込んでいて、私たちの向き合うミナミが座っていた白いソファ席が眩《まぶ》しい。あんなに眩しいミナミが、あんなに華やかなミナミが、怯え切った小動物みたいに彼氏に連れていかれるのかと思うと、私まで胸がバクバクする。

「でも別に、ミナミも彼氏のことが必要なんだもんね」

「まーな。本人が助けてとか言ってるわけじゃない以上、何もできないよなー。相互依存、ていうのかなこういうの」

「でもさ。なんかちょっとおかしくない？」

「……でも恋愛って、ちょっとおかしくなるってことなんじゃん？　だってさ彼氏いるから男友達と遊びませんとか、生活が彼氏中心になっちゃったりするわけじゃん？　そんなの普通に考えておかしいし、おかしくならないと受け入れられないことだよ」

確かにそうだ。私たちは基本自分の好きなことをして好きな人と仲良くして興味があるところには迷わず参上して面白そうな話があればなになにと吸い寄せられる、そういう生き物のはずだ。それを誰かが嫌がるからという理由で我慢したり自粛したりするなんて普通に耐えられない。でも世の中のお父さんお母さんたちは別に法律で禁止されているわけでもないのに年中夜通し遊んだりしないし、年中友達とダベってたりもしないし、年中グループ通話で友達らと話してたりもしない。仕事があるからっていうのも大きな理由だろう。でもだとしたら私は仕事も恋人も別にいらないなって思うしそもそも大人にだってなりたくない。もちろんそんなことを言ってられないのは分かってるんだけど、私にはまだ大人が魅力的に感じられないっていうのは事実で、彼氏彼女ができた友達らがなんか変な論理とかルールを持ち出してちょっと奇妙な、なんか宗教っぽいことを言ってるなと引くことも多いのだ。

「ミナミはそんな、恋愛くらいでおかしくならないって思ってたんだけどな」

「そうかー？　私は、ミナミはちょっと恋愛体質なところあるなって思ってたよ」

えーまじかー。と言いながら、私は残りのオレンジジュースを吸い上げたけど、八割氷の溶けた味で顔を顰《しか》める。ヨリヨリも来るよね文化祭？　行くよそりゃ。私家練始めてから結構うまくなったんだよ。今度ドリームいる時チラッと見にきてよ。までもあんまサボれないから。上がった後ならいくらでも見れるんだけどな。だっていつも上がり十時とかでしょ？　まあだね。いつもご飯とかどうしてんの？　うち賄いあるんだよ。賄いってなに？　従業員用のご飯。大体店長の作った焼きそばとかパスタだけど。えそんなんあるの？　じゃ家では全然食べてないの？　夕飯家で食べるのはバイトない日だけかな。まじか、すご。と呟きながら、やっぱりヨリヨリはすっかり大人になってしまった気がする。お母さんとかお父さんとかと夕ご飯を食べないって、それはもう社会人じゃないか。

　ヨリヨリと二人で二時間くらい怒濤の勢いで喋ってマックを出て家に帰ると、何だか文化祭へのモチベーションが爆上げで、食事時間以外は延々練習をしていた。上がらない成績への憤りもママパパに対する怒りもミナミを苦しめる彼氏への嫌悪も、全部ベースにぶつけるみたいにして練習した。もうほぼほぼ、文化祭で演奏する予定の五曲はアップテンポの二曲がちょっと不安定ではあるけど、ほとんどマスターしていた。家練とは物凄《ものすご》いと思うけど、始めてすぐに指に水膨れができてしまってタニナカに相談したところ、指サックとか、指とか爪を保護できるマニキュアがあると教えてくれた。ネットで見てみたけどマニキュアは二千円もするから、最近は仕方なく薬箱に入ってたテーピングテープで指先を保護して弾いている。やってるうちに皮膚が硬くなっていくからとタニナカは言ってくれたし、潰れたら大変だから少し休ませなと言ってくれたけど、気持ちが先走って、もはや練習していなければ不安だった。それだけのエネルギーを勉強に向けられたらどれだけ成績が上がるだろう。私がゲームに熱中していたり、大声で歌を歌っていたり、一心不乱に毛抜きで指毛を抜いていたりするとママがよく言う言葉で、言われるたび何で親ってこういうことばっか言うんだろまじテンション爆下げと思ってきたけど、今は確かにこれだけのエネルギーと情熱を勉強に向けられたらクラスで一番くらいには余裕でなれるだろうなと思う。

パンフレットに印刷された講堂と体育館のタイムテーブルの表には、「Pancake Paradox」の文字が二日目の15:00〜の欄に書かれている。最終枠の手前、フェスで言えばトリ前だ。文化祭一日目はクラスの出し物の店番をして、遊びに来てくれた外部の友達らとあちこち回ったり、友達のダンスの発表やら、先輩に呼ばれたバンドのライブなんかを見に行っていたら秒で一日が終わった。疲れすぎて昨日は夕飯後倒れるみたいに眠ってしまい、朝五時にはっと目覚めてベースの練習をした。ちょっと前にイーイーが、何で最近ゲリラファーム来ないんだよー全然参加してくんないじゃん私が帰国したから拗《す》ねてるのか？　と文句を言い始めたから、事情を説明すると私中高とバンド組んでたんだよとまさかのカミングアウトをして、技術面ではなくて舞台上で目立つためには、という動きや見た目のアドバイスを実演で教えてくれた。ママは私が指にテーピングをしているのを見かねたのか、ある日唐突に「これ使いな」と私が検索して諦めていた指用のマニキュアと弦楽器用の指サックを渡してくれた。先週、刷り上がったばっかりのパンフレットとチケットを二枚渡して「私らPancake Paradoxね」とタイテを指差すと、略してパンパラだねと呟いたあと「パパは来ないよ」とママは続けた。「じゃ彼氏と来たら？」と言うと、そうだねと何だか憂鬱そうな表情で答えた。いつも彼氏彼氏言うくせに、こっちから振ると何だかイマイチ乗り切らない感じになるのまじでやめてほしい。そう言えばあの彼氏とご飯に行く話も、休部ショックのせいか保留になったままだ。パパは休部ショック以来、ことあるごとに「空手とかどう？」「ムエタイは？」と部活以外の選択肢としてなぜか格闘技ばっかり提案してくるけどガチで興味がなさすぎて全くやる気にならない。ミナミにはあのマックで会った時以来会っていない。うちわ作るからバンド名教えて！　と聞かれて伝えてはいたけど、何となく連絡は滞りがちだし、ヨリヨリんとこのカラオケで三人で歌わない？　と先週誘った時も「ごめん今日はちょっとー」と理由も言わず断られたし、チケットはヨリヨリに渡しといたから明日来てね！　と入れたＬＩＮＥにも返事はなかった。

「やばいやばい。急がないと」

私とカナは軽音部の部室に向かって走っていた。三人とも店番の時間がまちまちで、本番前最後の練習は四十五分しか取れそうになかった。

「ねえニイナの友達来てたじゃん？　明誠《めいせい》付属の」

運動部の経験がないカナはハアハアしながらやっとな感じで突然そんな話を振る。

「ああ、二人組？」

「うん。一人めっちゃイケメンだったよねちょっとＲＪに似てなかった？」

「そうだっけ？　背高い方？」

「そうそう背高い人。私ニイナと別に仲良くないんだけど突然繋げてくれとか言ったら気まずいかな」

「私仲良いし聞いてあげよっか？　インスタで繋がればいいんだよね？」

「ほんとに？　やった！」

「てか私明誠に友達何人かいるからニイナ通さなくても特定できるかもだけど」

「えっこわ……」

「友達の友達辿《たど》れば同い年東京住みならまあまあ見つかるでしょ」

プロ高校生かよこわー。と言いながらカナは軽音部のドアを開ける。タニナカは既に来ていて「おー」と声を上げながら音を小さく絞ったギターをジャカジャンと鳴らす。

これで最後だと思うと力が入りすぎ、完全にマスターしたと思っていたミドルテンポの『Over drive』で凡ミスを連発してしまう。どうしようヤバいこのままじゃ絶対本番も失敗すると大騒ぎしていると、だいじょぶだいじょぶと二人がハモって笑ってしまうけど笑いにも力が入らない。多分私と同じくらい二人もテンパっているに違いない。こんなやつとバンド組むんじゃなかったと後悔されてるんじゃないかと思うと、もう申し訳ないやら悔しいやらで手汗がだくだくで弦がヌメってしまう。ヤバいヤバいと、ママがマニキュアと指サックと一緒に、ハイエナボンゴのBa.タカサキセイントとお揃いのやつ、と渡してくれたリストバンドでキュイキュイと弦を拭く。リストバンドしてると腕がボディと擦れなくていいらしいよと言ってたけど、今のところ擦れ止めよりも手汗を拭くという用途で使うことの方が多くて、黒いから目立たないけど既に私の皮脂がたっぷり染み込んでるはずだ。通しで今日のセトリの五曲を演奏すると、凡ミスの多かった『Over drive』と、アップテンポの『Mountain!!』を集中的に練習しようと話し合って、一瞬給水時間を取っているとスマホが鳴った。日曜日の今日は地元の友達とか、仲のいい他校グループなんかもたくさん遊びにくる予定で、朝からＬＩＮＥやインスタの通知が止まらないのだ。スマホにはヨリヨリの名前が出ていて、ちょっと悩んだ挙句ごめちょっとだけ……と二人に言いながら通話ボタンをタップする。

「あーヨリヨリー？　今ちょっと最後のリハ中で……ってなんか私プロっぽくない？　まじテンション上がる！　でもまだちょっと調子出てないからガチで練習しないとでちょっと今……」

「ミナミが今日来れないって言ってるんだけど……」

「は？　ミナミが？　来れないって？　え何で？　うちわ作ったって言ってたよ？　本当に？」

「なんか彼氏が、行くなって言ってるらしい。私ちょっと、彼氏ヤバいんじゃないかと思うんだけど」

「え、彼氏が私たちと会うのを嫌がってるってこと？」

「なんか、文化祭は出会いがあるから行ってほしくないって言ってるらしい。女子校なのにな……」

　まあでも女子校だからこそその出会いもあったりするよなと、私も昨日友達の連れてきた外部の友達らと男女問わずたくさんインスタで繋がったのを思い出す。

「え、てか今彼氏はミナミと一緒にいるってこと？」

「や、彼氏は部活らしい」

「は？　それでお前は誰かと出会うかもだから家にいろって？　ふざけすぎてない？」

「でも、ミナミがそれでいいって言うなら、私たちにはなんもできなくない？」

私はスピーカーにしてＬＩＮＥとインスタも確認したけど、ミナミからの連絡は一本も入っていなかった。何で私に連絡してくれないんだろう？　てかどうして私の文化祭に、私のライブに行けないってことを、私にじゃなくてヨリヨリに言うの？　私たち親友じゃなかったの？　憤りのあまり大きな声を出すとタニナカとカナもどしたどしたと寄ってくる。

「おかしくない？　ミナミが文化祭に来れないって言うんだよ、彼氏が嫌がってるから、って。しかもそれ私にじゃなくてヨリヨリに言うんだよ？　ねえミナミは通話で言ったのそれともメッセージで？」

「メッセージで。見る？」

見る！　と言うとすぐにＬＩＮＥにスクショが送られてきた。「あのね依子、私今日明《めい》東《とう》の文化祭行けそうにないんだ。文化祭って出会いが多いから、って彼氏がちょっと心配してて。ちょっと玲奈には合わせる顔がないから、依子から伝えてくれないかな」まず最初にそのメッセージが入って、彼氏と一緒なの？　とか、ライブだけでも行けなそ？　というヨリヨリの質問に「彼氏は今部活」「ちょっと無理かも」と返信を送っていて、「え、彼氏に脅されてるの？　何か行けない理由が他にもあったりするの？」というヨリヨリの最後のメッセージには既読もついていない。一緒に覗き込んでいたタニナカは「このミナミの彼氏ってどんなやつなん？　大丈夫なん？」と眉間に皺を寄せ、カナも「ＲＪだったら合法だけどＲＪ以外だったら違法だな」と呟く。

「どうしよう。でもミナミからなんか助け求められたわけじゃないし、最近ちょっと距離取られてる感じもしたし、私が干渉するのは違うかな……？」

「それはどうやろ。言えへんだけで本当はってこともあるかもしれんやん」

「でもミナミは、ああ見えて意外と思ったことはバシッと言うし、本当ははっきりした性格なんだよ。だからもし助けて欲しければはっきり言うんじゃないかなって」

「確かにミナミははっきりした性格かもしらんけど、相手に悪意がないんやったら、強くは言えんのやない？　彼氏やって、ミナミのことが好きで束縛してんねやろ？　ほしたらミナミ優しそやし、止めてくれ言えんのちゃう？」

タニナカの言うことに耳を傾けながら、昔ママに言われた他人の恋愛に口出しをするのを止めればあなたの知能指数は底上げされるだろう的な皮肉を思い出す。口出しすべきかすまいか、私は悩みに悩んで、ごめんDiscordの招集かけるからそっちに入ってきてとヨリヨリに言ってＬＩＮＥ通話を切る。昔私の誕生日に皆で誕生日を祝おう大作戦を計画してくれたイーイーがいろんな私の友達を招待しまくって作ったDiscordのチャットルームで@everyoneとメンションする。あの時、五十人くらいが集まったチャットルームで皆が一斉にハッピーバースデーを歌ってくれたのはまじで音がガビガビに割れてて圧巻だった。次に使うのがこんな時になろうとは思いもしなかったけど、ミナミはDiscordを入れていないからちょうど都合が良かった。「緊急事態！皆の叡智《えいち》を私に授け給え」の一言を送る。すぐにルームに入ってきたのが、マッキーと駿《しゅん》くんとよっちんの三人とヨリヨリで、おい玲奈ーどこいんだよ早く合流しようぜーとマッキーが怠そうに言う。もう来てるのはゼンリーで知ってたけど、練習を終えてから合流するつもりだったため返信していなかったのだ。

「助けてってなに。なんかあったの？」

一番まともな駿くんが聞いてくれて、私は泣きそうになりながら説明する。ちらほらと人が集まり始めて、イーイーとかモモとか、いつもゲームを一緒にやるだけの友達の友達とかも入ってきてミュートだけど聞いてくれてるようだった。皆が聞いてると思うとなんだか緊張してうまく喋れなくなってしまうけど、タニナカやヨリヨリがフォローしてくれてとにかくこれまでの経緯と今の状況を説明する。

「うーん、まずはミナミちゃんに電話して、反応を窺《うかが》ってみたら？」

これは駿くんの言葉で、でもすぐにその言葉に対して「助けが必要な人ほど声を上げられないものじゃない？」とよっちんがナイーブな人のことが分かる人っぽいことを言う。「でも頼まれたわけでもないのに男女の問題に介入するのは難しいよね」とミュートを解除したモモは意外にドライな意見を口にする。さすが、高一にして元彼が三人いる女だ。

「友達関係とかならまだしも、恋愛だからね」と山田が言う。山田が誰なのかあまり覚えてないけど、おそらくゲーム仲間の一員だろう。「でも普通に考えてヤバいよなその男。このまま友達関係全部切らせることだってあり得るくね？」とシマ。シマはイーイーの友達の大学生で、一緒にゲリラファームをプレイしたことがあるけど少なくとももう半年くらいは話していないはずだ。「普通に考えてヤバい」という言葉に、でもその「普通」も「ヤバい」もこの人の感覚でしかないんだよなとも思う。私にはまだよく分からないけど、ゴリゴリの束縛が二人にとっての「普通」で、その状況は決してヤバくなどなく二人にとって「快適」だったり「幸せ」だったりということだってあり得るんじゃないかと思うからだ。つまり、私は私の思う「普通」を、「その彼氏はヤバいんじゃないか」という疑問を、直球でミナミにぶつけていいのか悩んでいるのだ。「まずは電話」「いやいやとりあえずメッセージで事情聞いた方が……」「彼氏凸《とつ》るのは？」「いやそれはない……」話が迷走し始めた。タニナカ、カナ、ヨリヨリと私入れて二十五人の叡智でもこんなもんかと諦めかけた瞬間「はーい」とずっと黙ってミュートにしていたイーイーが入ってくる。「レナレナ、ミナミちゃんに会いに行きな。それで顔を見て、五分でいいから話してごらん。そうしたらレナレナは今自分がやるべきことが分かるはずだよ」

でも、リハの時間はもうほぼ終わってしまって、このあと私は自分のクラスの出し物「宝探し」の店番が入っている。他クラスから小学生かと突っ込まれまくっている出し物だけど、昨日は意外に客入りが良くて逆に驚いた。どうしよう店番が……。と呟くと、いたことにも気づかなかったパスコが「購買パン一個で店番替わったるよー」と言ってくれた。ありがとパスコじゃ私行ってくる！　ヨリヨリも一緒に行こう。と言うと「分かったーてか私もう向かってるからミナミの最寄りとかで落ち合お」と返ってくる。「また何か分かんなくなったら呼びな。お姉さんは朝までゲリラしてたから二度寝だ」とイーイーは言って、私はまだ自分に何ができるのか、本当にやるべきことが分かるのか不安なままチャットルームを退室した。ごめんちゃんと練習できなくて……私本番で本領発揮するタイプだから、と大声で嘘をつくと、タニナカとカナは行ってら！　と大声で送り出してくれた。

別館四階の部室を飛び出し渡り廊下を使って東館と南館を通り抜け一階まで下り、本館の三階まで駆け上がってクラスの前に設置されたロッカーの中からパスモを取り出すと、学校を飛び出して駅に向かって走っていく。ミナミの家は二駅隣で、何回か遊びに行ったことがある。でもちょっと待って日曜日ってことはお母さんとかいんのかな？　てかミナミちゃんと家にいんのかなと思いながらゼンリーを見ると普通に家にいてまじ文明ありがとうと思う。最初はこわーと思ったゼンリーだけど仲のいい友達と偶然Fireしたり、マ駅にいんじゃん一緒に帰ろうと誘ったり、何だよまだここかよと待ち合わせ相手の位置を確認したりできる神アプリと認定し始めていた矢先のサ終発表はショックだった。グーグルでも位置情報は共有できるらしいけど、グーグルで位置情報共有しよう！　なんて言う友達はいないわけで、言われたらちょっと怖いわけで、まじであの位置情報共有の恐ろしさがアプリの可愛さで薄れに薄れているゼンリーはある意味すごかったんだなと改めて思い知った。

「玲奈！」

走りながらブレザーを脱いで腰に巻いたところで唐突に懐かしい声で呼びかけられて振り返るとママだった。今朝もちらっと顔を合わせたし懐かしいわけないんだけど、多分今朝から今までの間にあまりに多くの情報が詰め込まれてたんだろう。

「どうしたの、どこに行くの？」

「ミナミんとこ。ちょっと色々あって」

ママに全部話してアドバイスして欲しい！　めちゃくちゃママの意見聞きたい！　って強く思ったけど、なんかそんなんじゃまじでガキじゃねと思って堪《こら》える。

「家までいくの？」

「ちょっと色々あって。私今日忙しいからママのことも案内できないと思う」

「別に、私は一人で平気」

「まあだよね。あっ、ライブ観てね！　体育館じゃなくてホールだからね！」

「もちろん行くよ。楽しみにしてる」

ママは柔らかい表情で言って、その時初めてママがハイエナボンゴのロンTを着ていることに気づく。しかも右腕に「ハイエナ」左腕に「ボンゴ」とカタカナで書かれているハイエナボンゴのライブに行く人にしか着ることを許されないタイプのロンTだ。思わず笑って「それ！」と指さすと、ママも笑ってPancake Paradoxのグッズ作ってよとロンTの裾を引っ張って言った。よく見るとボディバッグを斜め掛けしていて思い切りライブルックだった。もしかしてめちゃくちゃ楽しみにしてくれてたのかなと思いながら手を振ると、私は飛ぶように改札を越え、ちょうど滑り込んできた電車に飛び乗って二駅のうずうずをやり過ごす。駅に着くとヨリヨリはまだ電車で向かってる最中で、「先行ってる」とLINEを入れると私は駆け出す。バスケを辞めた影響を、今日初めて痛感する。この程度の距離を走っただけで息切れするなんて信じられなかった。ミナミの家は駅から徒歩十五分で、走れば五分くらいだけど、何だか途中で自分にちゃんと話せるのか？　という不安が生じてきてヨリヨリを待つべきか？　でもミナミと今すぐに話をしたい！　の狭間で中途半端な走りになってしまう。

真面目にやってたわけでもない部活を辞めて一年以上が経つヨリヨリが私に追いつくはずもなく、私はミナミの家に着いてしまう。赤茶色のレンガ造りのマンションのエントランスを通り抜け、二階の廊下に出ると一番奥から二つ手前のドアで立ち止まる。ピンポンを押してすぐに、こんなにゼイハアしてる奴がきたらお母さんもびっくりだよなと初めて気づくけど今更ゼイハアをどうにかできるわけでもなく、私は思い切り酸素を吸い込んでばくばくする胸を両手で押さえつける。一言目はこんにちは？　お久しぶりです？　考えている途中でこのままだとこんにちはとお久しぶりが混ざった感じの言葉を口にしてしまいそうだと思った瞬間ミナミが顔を出して拍子抜けする。

「ミナミ！」

「え、玲奈、なんで？」

「ミナミが来ないからだよ！　なんで来てくれないの！　私こんなにがんばって練習したの初めてなんだよ？　小学生の頃の学芸会だって合唱コンクールだってこんなにがんばらなかったのに！　ミナミに聴いて欲しかったのに！」

ミナミが心配で駆けつけたはずだったのに、言いながら悲しくて泣いてしまう。ミナミは慌てた様子でサンダルを突っ掛けると廊下に出てきてごめん玲奈、と私を覗き込んだ。あれ私何やってるんだろうと思ったけど、堪えきれない。

「来てくれるって言ったじゃん！　応援してくれるって言ったじゃん！　ミナミが約束破るなんておかしいじゃん！　どうしてなの⁉」

おいおい子供かよって誰かに突っ込んで欲しいけど、目の前のミナミも何だか傷ついたような表情で目に涙を浮かべていて「えそんな泣くくらいならなんで来てくれないのさ！」って気持ちが爆発してミナミに抱きついてしまう。ミナミの髪の毛は柔らかくて甘い匂いがして、それが私が去年誕プレであげた自分とお揃いのアウトバストリートメントの匂いだと分かった瞬間悲しみも爆発して抱きしめる腕に力を込める。あのトリートメントをあげた時は、私たちがこんなに離れてしまうなんて思いもしなかった。永遠にヨリヨリと三人で仲良くしてられると思っていた。

「観にきてよ！　彼氏なんかに私たちの関係規制させないでよ！　私のこと大事にしてたミナミはどこ行っちゃったの！」

「何言ってんだレナレナ」

呆れた声がしてミナミにしがみついたまま振り返るとヨリヨリだった。

「私はミナミに来て欲しい！　うちわ持って応援してもらいたいんだよ！　ヨリヨリもなんか言ってよ！」

「なーミナミ、レナレナこんなだけどさ、さっきまで自分はミナミに何ができるんだろうって皆に相談して、どうしたらいいのか散々悩んだ挙句ここまで来たんだよ。ミナミに何かしてやれることがないか、でも救いたいとか傲慢なんじゃないかって、ミナミは何を求めてるんだろうって悩んで、一回顔見て話しておいでってイーイーさんに言われて走ってきたんだよ」

「ごめんねミナミ。ミナミの気持ちを一番に考えたいけど、今は私の気持ちが先走っちゃって。まじごめんだけど、ミナミもヨリヨリもいなくなったあの学校でさ、部活もなんかやる気なくして休部しちゃったけど、新しいことに挑戦してこんな弾けるようになったんだよって、見てもらいたいって思って練習してたし、この三人が出会ったあの学校で、また三人で会いたかったたっていうのもあるよ。全部ひっくるめて、ミナミに来て欲しかった。てか、来て欲しい！　てか来てよ！　ガチで！」

ミナミの腕が私を抱きしめ返す。ミナミは柔らかくていい匂いがして、三人でぐちゃぐちゃになってわちゃわちゃすることはたくさんあったけどこんなふうに真正面から抱きしめてもらうのはママのコロナ騒動で自宅謹慎になって久しぶりに登校した時だけだったなと思い出す。

「なあ、ミナミはいいの？　彼氏に友達付き合いまで制限されてさ、それでも別れたいとかは思わないの？　嫌だなあとか、苦しいなあとかないの？」

ヨリヨリの言葉はぶっきらぼうだけど、ゆっくり喋るその言葉に不器用な優しさと思いやりが滲《にじ》んでいるのが私には分かった。

「苦しいよ。嫌だよ」

だったらどうして。と私の言葉がミナミの肩の辺りを温める。

「でも彼と別れることはできないんだよ。今の生活の中で、彼にとっては私が、私にとっては彼が唯一の救いなんだよ」

「じゃ彼氏と話し合うことは？　ミナミにとって大切なもん、ちゃんと伝えなきゃだよ。彼氏だって悪い人じゃないんでしょ？　でもさ多分ちょっと弱い人なんでしょ？　ミナミのこと縛ることでしか、安心できないんでしょ？　それで、ミナミも彼に応えたいって思っちゃうんでしょ？　話し合うって難しいってこないだは思ったけど、話し合うしかないよなって、今は思う」

「私たちも何でもするよ。私たちの関係認めてもらえるまで、ミナミが難しいって思うなら、私たちがミナミの彼氏に、ミナミにとって私たちがどれだけ大切な存在なのかちゃんと話すよ。てかでも、ミナミと私たちが付き合うことの何が不安なの？　私たち別に男友達紹介したこととかなかったよね？」

「違うの。彼は悪くなくて、嫌われるのが怖くてちゃんと説明できなかったり、何か反論されたら言い返せないかもとか思っちゃって、言うこときいてる方が楽だったりして、それでちゃんと話し合うこと避けちゃってた私が悪いんだよ」

「お願いだから嫌われることを怖がらないで！　私たちの大好きなミナミだよ？　もし彼氏に嫌われたら嫌われた分私とヨリヨリで倍返しで好きになってやるよ！」

ミナミがビクビク震え始めたからあれ泣かせちゃった？　と思って体を離すとミナミは笑ってて、声まであげて笑い始めて、私はドキドキする。何か緊張の糸を切れさせてしまったのではと心配で、ミナミの両腕をさすさすする。

「ずっと彼氏が離れていっちゃうんじゃないかって怖かったけど、二人がいれば彼がいなくても平気な気がしてきたよ」

ああよかったと思うけど、多分ミナミは私たち二人がいても彼氏がいなくなったらつらくて悲しくて、めちゃくちゃ泣くんだろうと思う。この世の半分くらいの人たちは恋愛とか仕事を中心に生活が回ってて、友達がいれば人生満足！　ってわけじゃないってことを私は知ってる。年を取ればさらに家庭とか子供とか？　昇進とか？　昇給？　みたいなのも欲しくなってくるんだろう。でも高校生の今くらい、気づいたら眠くなって気づいたら起きて、気の赴くままに走り出すみたいな存在じゃだめなの？　ミナミはなんかだめそうだ。めちゃくちゃ考えてしまいそうだ。それになんか、ヨリヨリも前に比べたらちょっとずつ色々考え始めてる感じだ。えじゃ考えてないの私だけ？　まじかよって思ってたらミナミが私の両手を取ってギュッと握る。この間会った時には心ここにあらずでピンと見えない何かを弾いていた小指も、今はしっかり私の手を包んでいる。

「私のことを好きな玲奈に恥じない私になる。彼氏にもちゃんと話す」

「私らの仲は誰にも引き裂けないんだぜ！　って？」

ヨリヨリの茶化すような言葉に「そう。それを、ちゃんと言葉で説明する」とミナミはなんか、全部許すみたいな顔で言った。

「やばいやばいレナレナ行かないと」

ヨリヨリの言葉に反応してハッと飛び上がってスマホを見る。我らPancake Paradoxの出演まであと三十分を切っていた。

「やばいやばいミナミ早くうちわ持ってきて！」

勝手にドアを開けて急かすと、部屋に戻ったミナミはうちわだけ持って出てきて、ちょっとごめん玲奈の文化祭行く！　と多分奥にいるお母さんに大声で告げるとスニーカーに足を入れ、何かもにゃもにゃ聞こえるお母さんの声を無視して家を飛び出す。めっちゃ派手じゃんうちわ、まピンクじゃん。Pancake Paradoxっていうからやっぱりガールズバンド！　って感じかなって思って。あごめん今日おっさんスリーピースバンドのコピバンだわ……ま私たち三人が出たらキャピキャピ感出ちゃうかもだけど。そういえば、Pancake

Paradoxってどういう意味なの？　その名の通りだよ。生クリームもりもりのパンケーキ食べたら太っちゃうよねってこと。何だそれくだらねー。何それかわいい、誰が考えたの？　私ですけど？　ドヤんなよ。えー玲奈すごい。パンパラって略して。いいねパンパラ。ぜってーすぐに改名するに一票。じゃヨリヨリは自分がバンド組んだらバンド名何にするんだよー？

わいわいしながら三人でそれなりの速さで走っていると、なんか道路を挟んだ向こう側から虫取り網を持った半ズボンの男の子たちが「がんばれー！」と声をかけてくれて、私は思わず「何捕りに行くのー？」と聞いてしまう。

「ショウリョウバッター！」

「へー！　捕まるといいね！」

「姉ちゃんたちもなー」

別に何も捕まえに行かないよと思いながら、私たちは大きく手を振ってありがとねーとかまたねーと声を上げた。童心に返るってこれか、と十五にして初めて実感する。思えば私はこの間まで童心だったんだろう。ちょっと寂しいけど、まあ引き戻せないんだから仕方ない。

ああこんなに、ライトは熱いのか。緊張し過ぎてそれくらいのことしか考えられない。全てのコード進行を忘れてしまった気がして、アンプの上に置いておいたタブ譜を見ようとするものの、タニナカはもうすでにマイク前に立って準備万端の様子だ。あれ一音目なんだっけとそこから思い出せない。本番に強いタイプというのは真っ赤な嘘で、いつも練習ではできてたのにねと言われるタイプだ。やばいやばいどうしよう。先輩とか後輩とかにも声をかけて回り、一人で多分百人近く呼んでしまったことを今更悔やむ。でもタニナカが静かにギターを鳴らし始めた瞬間、手が勝手に動いた。溜めていた感じでドラムが走り出し、三人の音が合わさる。すごい私たち演奏してる。そう思って思わず唇の両端が上がってしまう。演奏してるだけですごいと思えるのは、この初めてのライブだけなのかもしれないなんて、この先があるかのようなことを考えてしまう。まあでも分からない。私のバンド人生には、まだこの先があるのかもしれない。ないかもしれないけど、今はその先を考えたい気分だった。最初控えめだった照明がサビで少し明るくなった瞬間、ずっと同じ音のべべべベンだったから余裕が出てきて少し顔を上げると、二列目ちょっと右側にママとおじいちゃんがいて、その隣にミナミとヨリヨリがいるのが見えた。きっとママが二人の分の席を取っておいてくれたんだろう。そう言えば昨日、ベースはどっち側？とママに聞かれて舞台側から見た「左側」と答えてしまったけど、完全に客席側から見て左側と勘違いしてしまったらしい。今日帰ったら責められそうだ。ママは拳を突き上げていて、ヨリヨリは頭を揺らしてリズムを取っていて、ミナミはドコドコする曲調なのにずっと胸元に構えたうちわを前後に揺らしている。幸せだ。右腕に乳酸が溜まっていくのを感じながらそう思った瞬間ベースだけリズムがずれて、やばいやばいと途端に手汗が噴き出したのを感じながら二音抜かして追いかける。がんばれ。音と音のほんの僅《わず》かな隙間に、ミナミの控えめな声援が聞こえた気がした。がんばる。私は口だけでそう言って、額から垂れてきた汗を頭を振って払い、延々ピックを上下させ続ける。

■初出一覧

「腹を空かせた勇者ども」……「文藝」二〇二一年春季号
「狩りをやめない賢者ども」……「文藝」二〇二一年秋季号
「愛を知らない聖者ども」……「文藝」二〇二二年春季号
「世界に散りゆく無法者ども」……「文藝」二〇二三年春季号

金原ひとみ（かねはら・ひとみ）

一九八三年東京都生まれ。二〇〇三年に『蛇にピアス』ですばる文学賞を受賞しデビュー。翌年同作で芥川龍之介賞を受賞。二〇一〇年『TRIP TRAP』で織田作之助賞、二〇一二年『マザーズ』でBunkamuraドゥマゴ文学賞、二〇二〇年『アタラクシア』で渡辺淳一文学賞、二〇二一年『アンソーシャルディスタンス』で谷崎潤一郎賞、二〇二二年『ミーツ・ザ・ワールド』で柴田錬三郎賞を受賞。他の著書に『AMEBIC』『オートフィクション』『fishy』『デクリネゾン』等。

腹《はら》を空《す》かせた勇者《ゆうしゃ》ども

二〇二三年六月二〇日　初版印刷
二〇二三年六月三〇日　初版発行

著　者　金原ひとみ
装　幀　川名潤
装　画　beco+81
発行者　小野寺優
発行所　株式会社河出書房新社
〒一五一-〇〇五一　東京都渋谷区千駄ヶ谷二-三二-二
電話　〇三-三四〇四-一二〇一（営業）
〇三-三四〇四-八六一一（編集）
https://www.kawade.co.jp/
組　版　KAWADE DTP WORKS
印　刷　株式会社亨有堂印刷所
製　本　小泉製本株式会社
Printed in Japan　ISBN978-4-309-03106-4

くもをさがす　西加奈子

カナダで、がんになった。「私は弱い。徹底的に弱い」。でも――
あなたに、これを読んでほしいと思った。祈りと決意に満ちた著
者初のノンフィクション。

あなたに安全な人　木村紅美

人を死なせた女と男の、孤独で安全な逃亡生活――。東日本大震災と沖縄新基地建設反対デモの記憶がコロナ禍で交差する。

第32回Bunkamuraドゥマゴ文学賞受賞。